蘇紹連 著

無意象之城

一顆名詞漸漸暈眩了，意義逃走。

薺菜

長成一大片一大片你的細碎話語
只是簡單的姿勢，簡單的神情

我為你重複樣子，變成許許多多的你
我是你的一部分，形成一個部落
一起微微搖動但又緊緊貼著
像是一種很軟很弱很小的建築，而你
和我這樣才居住

我為你沐浴，冒出許許多多的你
裸在一滴一滴的時光裡
圓潤而透明。
「嗨」
我聽見你帶著部落
悄悄舞蹈

那麼必須傳下話語
只要一小片一小片的細細和碎碎

搖晃。盪漾。

註：薺菜，又名芨芨菜、地菜、地米菜、護生草、菱角菜、枕頭草、粽子菜、三角草、菱角菜、上巳菜等。花小，白色，如米粒。萼片四個，長圓形。根白色，莖直立，開花時莖高二十至五十釐米。莖葉嫩時可以吃，汆湯、涼拌或剁餡均可，有特殊的清香。江南一帶有「三月三吃地菜煮雞蛋」的傳統習俗。薺菜的諧音是「聚財」，人們將新鮮薺菜洗淨後捆成一束，放入雞蛋、紅棗（雞蛋煮熟後放）、生薑一起煮，剝蛋喝湯，既沾一點財氣和靈氣，又能防病健身。民諺說「三月三，薺菜當靈丹」，薺菜全草可入中藥，有清熱解毒，涼血止血，健脾明目等功效。

淡淡的檸檬

一顆暈眩。你注意到的感覺
要生存在這個靜寂的上面
得先把自己旋轉。（晨間運動）
你掉進衝突裡，結束真理
有一點點淡淡的輝煌。（視覺）
我也不會感到差異，漫遊後
推，跳，落在現場。

一顆名詞漸漸暈眩了，意義逃走
事實上，有證據表明是昨夜發生的
你的真理睡在結束的位置。（夢魘）
用僅存的年齡旋轉，像一支青春之舞
湍急的，象徵著情緒。（夢想）
你淡淡的話語是一個很好的運動
掉下，躍上，回復。

一顆感覺也暈眩了，模糊是表態
我開始學習你的話語沒有文法句式

我開始塗抹你的形和你的色和你的味
（你想住進這世界，租下了我）
衝突結束，從你的裡面出來的
一股淡淡的形容詞，及時
隱藏，密佈。（為什麼）

事實上，我喜歡你
但沒有證據說我自己種植了你
像一顆長在我頂端伴隨一生的暈眩
時候到了。（世界模糊了）
我摘下了你。（學習結束）
從此吻著淡淡的宅生活
靜，寂，漸次退場。

水草

你在瞬間擺動
離開了你的思想
我愛沒有著落的符號
不著任何的意思

你在瞬間搖晃
活不過這個年代
只能探出上半身
其餘下半身是想像

你離開了我的想像
活不過一個晨昏
那是透明的視覺深度
你在瞬間懸浮

不會沉入底層
後現代的社會裡

上面的空曠平淡
放置你簡單的器官

從那一天起，你
的感覺一直在變
你的前後有許多
游移穿梭的思索

你在瞬間陷溺
排比成雙的日子
其實很單調，讓我
從圖像裡撈出你

用我的情愫修剪
雖然是千萬分之一
用我的生命挽救
你在瞬間的老化

桃花

我飼養的一株
寒冷，覓食你的三月
竟然溫暖了

一朵初戀的感覺
凝結，只是一個訊號
卻也化身為寓言

我的生命轉入無奈轉入逃離轉入隔絕

我飼養的一株飄零
化身為畫，為詩
你卻不知何處去

我不覓食你了
任由你逐漸化身為
一種陶淵明

楓葉

它幽暗逼我
它冷清逼我
它讓我的貧窮學飛，學降落
讓僅存的一個喘息學會逃走
它讓我看著它入侵了我

只有這麼一回事
我蹲在它的外面
外面的外面
之後下起
許多冷

我虛掩著我的傳遞等待它回應
等待它成熟
我哆嗦了
曲曲折折的我
與疑問共處，是失敗了

溫暖之於我，彷彿是一種情節
知道結局未必是好
它淋漓逼我
再一次的，我試圖
轉紅

果實冥想

我不想活在一些交錯的
密佈的甜味裡
讀著剖開成兩半的
語言，對稱而完美得令我驚嚇
我不想住進你們的結構
我要決定自己的味道
你們不要種植我
我是飄浮，無所適從

樹的倒立

不能行走的
就練習倒立

世界，可以在一個定點
完全改觀，你說著

你哭著，你是一些字
你是不能行走的原料

就練習倒立的視訊
世界不可以推倒你

在一個定點，全都相反
飛翔的，埋入底下

你看到自己的部分往上飄落
你哭著，你吶喊著

植物的感官

看著，就是說著，說著
就是聽著，聽著，就是想著
想著，雖則遭受阻隔
但也緩緩爬升

雖則是這樣的出現
但也悄悄的消退，雖則
不怎麼拓印成形，但也
能被想起，想起
就會被聽信，聽信就會
被說出，說出就會
被所有的力量看見

看見了啊
是一件可怕的事
不斷的謠傳，一株一株
謠傳下去，覆蓋了
整個靜默的延伸

橄欖

1

我醒來的時候夢記錄了它
和平一直是象徵的想望
故事，都在句點前出現
歷史的表面非常乾燥
它經過，它親敷
它有一種非均勻的恢復
恢復物件原本的舒坦
那些夜的炎症和瘀傷
將被撫卹

我醒來的時候有許多種流動
像是它的舞蹈，也許是
一種無聲言語的效果
也許是暗示的標誌
我看見自由飛翔

我看見有機耕作
我看見傳統安靜下來
這是遺傳，它有些青澀
因神，所有的生命

2

它醒來於神的帳戶裡
之後，我改編為民間故事
開始可能的種植，可能的
聲音，分佈成乾燥的裂紋
延伸千里
它的國家有傷
給予恢復，無瘀無痛
它將咀嚼自己的時間
餵給密碼中的夢
它醒來於夏季最末端的追思

消炎消腫，然後登入
成為我的一份子
和我睡，和我哭，和我笑
和我漸漸變成抽象
玩著和平的象徵
定期修剪多餘的感覺
其中的一些青澀
神為之羞赧

3

醒來的我像是一顆橢圓
放在思維上。它也醒來
有一抹形態躺在
比喻上。我拿著故事
遞給虛構，穿透
真實。我拿著它的裡面
翻開到外面，它

還活著，悶著
卻已展開

醒來的我被它包裹
有一種涼意，滲入
我，如浸泡於透明
如游移於密閉之夢
空間成形，它的自在
給我全然解放
它的芳香遺傳
像是一冊編撰
完全屬於神

烈日讀芒

我們一致的想法是
購買一些明亮的味道
來慶祝類似北方的季節
我們也可能放棄的
是控制情緒的顏色
改由憂傷自行刷淡

你知道嗎，你是輕緩的
聲音，穿梭在辭彙之間
你是節慶的氣氛，給我
幾種風格，我就
讀你幾種搖曳，也可能
暈眩和一點點信仰

約定明年迤邐而來
也可能我們結黨營詩而去
隔年你寫我們的關係，以
排比的形式，生育

許許多多的層次
親情友情愛情等等

等等，這些綿密的群性
也可能就是一生書寫
從冬天之冷寫到春天之暖
給我一讀再讀，讀出
一種茫茫，一種恍恍
不能翻譯的意象

我們一致的想法是
相互贈予體內的器官，例如
思維，例如感覺，例如
呼吸。我喜歡你的呼吸
就摘取給我吧。也可能
你也喜歡我的呼吸

這樣唱和一起一落的調

我們模擬著一吸一吐
這樣用呼吸讀著體內的
颼颼飛行的芒，讀著
騰騰升起的暖，也可能
在南方只是這樣過日子

後記：每年三月下旬，聽聞台灣中部大雅的麥田，穗芒已見彎垂，四月初即將收割。趁著收割之前，擇一個上午，趕往麥田讀芒。若是豔陽天，則麥田充滿金黃光芒，到底是烈日之芒，還是麥穗之芒，都已交錯，難以分辨。

麝香

有時候魂回來了，像攜帶著一種
靜態的世界，從遠處漫步親近
把我接合。時間聞到時間的味道
是貪婪的溺愛，把所有的寄生
都遺散而去，但仇恨仍不明白
我已經準備好數以萬計的
死亡直覺

有時候魂默默來了，背後是
從遠方跟來的靜穆世界，把我接合
像是寫好的情節幾乎貪婪地增添
這些味道如何持續一段很長的時間
瞬間仇恨起來的樣子，像情緒
湧起數百萬的願意，讓灰暗
進駐死亡

有時候魂回來了，卻微弱地投射於
靜止的世界，從遠處倒映自己的方式

捕獵一種時間變質的味道，接合了我
一個尖銳的差異，仇恨數以萬計的
分泌著，彷彿在催促生命
得以是忍不住的消逝
死亡離開

一尾秋刀魚拓

願你成為我的一種
遐想。如果你是另外的
一種姿態，我也願為你
找出拆卸的辦法
給予你的

渴望，無限放大
任你自由遷移
如果成為一種纏繞
我無畏懼被圍困
被意象摩擦至死

不願你聽見一種刮破自己的
聲音，備妥後事
之後，你的航行
在另一個空間
狹長而遠

悠然返回
像歲暮臨陣
仍是一種姿態存在
黑暗起伏（如此
悠然。形式抽象（如
此悠然甚淡（你
懸空漂浮

如此）你是
一幅

遐想

獨角仙

暗夜，我們分布可能的棲息
這麼寬闊，卻漫延的危境
踏著神話而來，踅回
流出處，唯一的
滴落
它是訊號
閃爍
其詞忽隱
忽顯，亦是一種自慰的方式
它是刺點
在某個細節裡
瞬間放射
佔據，我們之間容不下的暗示
它是尖端
出招
頻頻催促
接招，盪漾著死亡之舞的映影
其夜即逝，獨獨我們未眠，未起

一樣會趨光，獨獨，它懼
陷溺於黑，獨獨
中央突起一支
最獨

隱翅蟲

在灰色階層下的，你低度飛行
像腐敗的光，跟蹤著我
潰爛我從一個生活到另一個
生活。我是這社會裡
將被包圍和襲擊的
毀壞的生命

隱藏　隱瞞　隱約
隱密　我閃開　隱然　隱含
隱形　隱匿　我閃躲　隱隱　隱情
隱私　隱性　我閃避　隱喻
隱蔽　我閃失　隱忍　隱居
隱身　隱伏　我　隱疾
隱退　隱憂

彷彿過境。持續啃蝕
從來沒有感覺自己會成為另一種生命
的食物。從來沒有隊伍是你的

掃描速度。從來沒有夜間
飛行者不隱名埋姓
而我嚴重曝露

是我張開，沒有防護
燒灼感瞬間彷彿是一種愛
環繞，可以飛
你已在生活底層弱者的體內
掠過，留下昔日的痕跡
一條生命之傷

蠶的冥想

牠以咀嚼開始
咀嚼我的沉默

咀嚼是一種吻
要吻我幾個時辰？

牠有一個靈感
要折斷多少文字
才會說出牠的
可能的遺言

我沒有層面的脈絡
全在內裡不止
為自己纏繞

而牠失去我
以禁閉結束

悼念一隻甲蟲

小時候，我們
圍觀著死亡的牠
悄悄的討論

是牠的生命就任由牠
用腐朽釋放自己
用腐朽繪出一幅風景
用腐朽完成重組後的
句子，完成你
給牠的句點

是牠的生命就是你
完成你的學業
完成你的婚姻
完成你的
縮小版
你的
命

牠
回想起來
樣貌反映內在
是無數日常的集合
是一具一具，立著
靠著，躺著或是
飛翔著的
你

是叫做啪啪的一種聲音
隱藏在生和死的夾層裡
牠聽到了
神卻聾了
牠見到了
神卻瞎了

這種事情
我們在體制外圍觀
悄悄的討論，送行

透明的鳥與籠

1、透明鳥

我進入你的關懷
結束了流放

看我的妝扮
上下翻飛你看不見真相

飛行所及
引發悲苦生息鳴聲不止

我若隱若現的形象
全由想像衍生而來

想像極刑
關不住自己的肆虐

2、透明籠

不關你的事
請你早日返回吧

我淪為黑暗
成為黑暗的領袖

搜羅所及
全是精魄轉化的空間

我攝引一切
歸者無不忿怒搏鬥抗擊

不關你的形
任由你翔而想，去吧

食草動物

牠食素質所以有素質
你食素養所以有素養
不是的，有了素材
說不定仍舊是蠢材
沒有素味，只好冒昧
請見諒

你的素行不良
食了以後就便秘
牠和你素不相識
也願分食給你
食了以後
你的平生都是素味
這味道等於沒味道
咀嚼，不過是
償還素願

萬物皆同
素來素往
在這一大片素樸之中
一口接一口
不過爾爾
的一幅
素描

我們一直有一種貓

1

和你同居以後
我原本的習性漸次消失
之間的之間
長出我們的某一些
形狀，譬如你的
靜默。

2

和你同居以後
每個早晨忘了關閉我們
每個上午忘了不許外出的約定
每個中午忘了回到最初的語詞
每個黃昏忘了舔濕你的背面

每個夜裡忘了隱藏我的性別
以致一些感官
還能收到
訊息。

3

我原本的習性漸次消失
想在睡前獨自閱讀
想在夢裡肆意對你撫摸
想在醒來解釋我的惡
但我已慵懶
已不是你最初認識的形狀
譬如我的
羞澀
沒有了彎曲與傾斜。

4

而你偷偷的捲縮了我
像在收拾睡過的體溫
而你的旅行，正要開始
而你的散文，正要開始
像在為真實尋找語詞
敘說我們的逗點
太冷
等待一個句點
阻止時間。

5

但是和你同居以後
我學會拱起背部，發射

一具有彈性的形容詞
用直豎的情緒
用低聲的唬，唬，唬
向著你，穿越你
直至你平坦
鋪成一片
撿不起來的

陰暗。

6

我們之間的之間
一直有一種同類之魔
我們之間的之間
一直有一種懶洋洋
可以未完，待續
而未知結束

趴在我們之間的之間
陪侍整個下午
凝視時間的

抖動。

黑色的物件

我告訴他
把黑色的物件取出來
我再告訴他
把物件的黑色取出來
最後我告訴他
把黑色的色取出來
色，曝曬於眾
色，脫離隱匿

老客廳

在自己繪製的空間裡
簽收到一份遠方寄來的
歲月，不知要掛在哪裡

找找哪裡有空白
它不能太老，鬆弛了
掛不住，掉落而碎裂

我坐入一個不知名的
荒謬裡，它老了
想恢復熟悉的悲哀

蠟燭的冥想

1

你的不自由將會像
自由講的一則故事

2

你的嗚咽將會像
沉默講的一則故事
沉而重，默而無言
你想搖醒
那些自由的
尾巴

3

你的生命將會像
遺言講的一則故事
有很多可能
被扼殺

好久好久以前的
你聽不到的
嗚咽
遺失了一個
句點

4

你的自由將會像
不自由講的一則故事
銷毀了你的自由

舊窗帘

這些事，就像
輕輕地拉開遮蔽
一些愛，只須
輕輕地拉開表層
都一樣的日子，也是
輕輕地拉開細節
至於有了想念，你
輕輕地拉開自己的呼吸
平靜，無息，感覺
很沉，搖晃不起來的空虛

我吃著時鐘

無關於咀嚼的聲音
驚動了，死亡了
一些旋轉的
時間

無關於記憶的毀滅
沒有順序，啃到誰
傷到誰，到未來
懷念著現在

現在，很荒謬
咀嚼後一切都沉寂

雨天除濕機

快樂溶解了，變成
不快樂的末端，肥大

一再憂鬱的飽和狀態
不可能消瘦，並且更壞
傾瀉，如同我在沮喪
不想出去，不想
從破綻出去

晾乾陰部，呵呵
其實是讓快樂恢復過來
等候之前，先劃一灘
平躺的濕・濕・濕

壁癌

最壞不過如此
你還是笑著活下去

每次默讀一回，你便潮濕一回
並剝落一些你的層層層疊疊

剝落一些，再剝落一些
直至看見你所剩無幾

你還是活下去
最壞不過如此的哭

雨夜讀窗

任由殘餘的透明
穿越每一格
黯然，穿越
每一格遙望
如若張掛的是
偶然，就讓偶然
再度臨摹死亡
如若滴落的是
顫動，就讓顫動
再度劫掠心情
任由片斷的流淌
構成愛與恨
最終這些
永遠潮濕

信封

它從旅行彼端
從未，未記錄每一次的
旅遊，遊蕩的回音
行經，經過重複的
彼此。看著彼此
端坐在下午

沒有，什麼都沒
有一種回憶
需要摺疊，像封存
像不能打開的話語
需要淺淺的吻
讓它顫抖而崩裂

它什麼都沒有
裡面都是空・白
外面，都是無形
它什麼都給了我

而我在此端讀著下午
才會變成長長的悄然

紙的形式

1、紙船

是一塊正方的
空無嗎
不，是一塊
長條的空白
給我小小的力量
傾斜而去
有摺痕，是
情感的符號嗎
在兩端之間
有美麗的凹陷
在底部
我們悄悄然
只是擁抱
低調滑行

擁抱生命
一起浸入
荒涼的深度
解開夾層空間
讓平面漂流
讓邊線曲折
風景柔軟
不要繫綁
一個停泊的結
不要失卻浮力
不要橫向震動
不要迴轉，成為
沉沒的龐然大物

2、紙飛機

我對摺自己，合起來
有一些貼近，自瀆

的方式，取得生命的
第一條隱形虛線

原本不想打開
打開，風景就分成左右
而且必須對稱
飛過的聲音
都在練習二重唱

飛過的形體
輕而薄，在我的上面
在我的前面，在
我的下面，練著
懸吊神功

我需要愛的重量
我需要舉起的角度
擲射出去，夠遠

永遠找不回來
像是成為失控
又失速的邪念

我是坦白的話
話裡直飛的意思
平行，沒有交叉
沒有與流言對抗
沒有成為模型

而我翱翔的時間
是我的一生，我要
降落了，我閃失了
我不被遙控了，我不願是
燃燒的龐然大物

液態的燈

在黑暗的夾縫裡
藏著一隻、兩隻、三隻
不會很多，也很微弱的它們
沒有靠近我們的力氣

它們聚攏，有時散去
一滴一滴溶解，流走
去尋覓另外的黑暗
引領世界從夾縫穿過

它們變化自己，流成
各種形狀，展示簡單的美麗
在喘息的末端，燃燒著
是一些有聲音的光

椅子的影子

生活，總是在午後
你用減法，把
不要的減去
才會有足夠的空間
讓斜照好像在示愛

也有挪移的藝術
慢慢抵觸
有了感覺
我們相視
伸入對方
坐進裡面
陪伴

但你不安
走了出來
你挪移，並且
延展，並且

像魔術
運走我生命的
時光

深夜的螢幕

深夜，它就出現
在最隱密的黑暗
背後，要我進入

它讓我從前面碰觸
身上任何一個器官
摸索入口，至於想像
也跟隨進入，湧動

湧動如層層疊疊的
我，以及無數的形骸
沒有穿著，裸的愛
我是它邀約的伴侶
其中的一則新聞
粗黑體字的標題背後
畫面豐腴

我看到它的聲音
淹沒了失去呼吸的文字
我是習慣翻閱的
我是習慣書寫的
有節奏的睡眠

所以我準備逃離了
身份也準備逃離了
性別也準備逃離了
它還要我留著最後
擁抱過的溫度

在禁閉的黑暗裡
不斷更換的伴侶
或許不是我，是你

詩集開箱文

消費你的，往往是疑慮
往往是郵購以前的想念
想念三年或五年的他才出版
你決定解剖他，以美麗的
一種儀式

準備好工具，尖銳的
鋒利的愛，慢慢切劃
並且準備好形容詞，軟的
煽動的，對著他以
一種膜拜

如見沒有穿著的軀體
往往是真跡，往往是
時間流淌後的凝結
你顫抖的掀開他，再以
一種名詞讀他

再以原始的抒情
撫摸而過，滑行而過
你聽見他書寫的聲音
從邊境以大隊伍
行進，抵達

以一種動詞
貼近，驚動你的底層
那封存多年的文學意象
躍出，對著他排列
以一種形式

西門

卷二〇

經過你潔淨的沉默，黑暗是溫暖的透明。

水瓶
——觀世音菩薩

夜都睡了
我
經過你潔淨的沉默
黑暗是溫暖的透明
經過你低垂的沉默
黑暗是神秘的透明
經過你掩蔽的沉默
黑暗是醇厚的透明
我
夜都醒了

你微乎其微傾注了
從黑暗裡倒出一滴黎明

一個老人為我跳舞

他拾獲一個沉沒的聲音
放給我聽

那是我的聲音
划動了
一艘艘掛著的笑容

他把我的聲音編成曲子
把他的回憶捲成
許多旋律

他張開自己而飄浮
轉了一圈又一圈
繞著我跳舞

不遠是死亡
看著我們

他停下來
和我一起向著死亡微笑

老人樂隊

他們把快樂準備好了，一起走到
一個可以發亮的
我們的前端
而使我們
看見許許多多他們世代的樣子

原來他們準備好了不同的
聲音，粗的，細的，軟的，硬的
原來他們給自己打造了
不同的形狀，為了能夠
發出聲音，尖的，扁的，圓的，長的
並非出生時的
而是老了的模型

那麼的可愛。
我們都靜默了下來
他們的微笑
阻止我們掉落和睡著

他們轉動自己搖擺自己而有了節奏和旋律
像是一排排躲藏著卻暗中彈奏的
物體，變化著不同的結構
從低到高
從高到低滑行
我們也跟著如此卻不知痠疼

我們也跟著一支曲子走進他們的世代
我們也跟著在感官上塗抹聲音
形成一種不斷迴盪的
共鳴

蘇東坡印象

他何妨寫至
　最後一句
憑著聲音的起伏
　踏到末端
一樣的我
　何妨變成他
幅度大於思想
　卻小於情感

畫著自在的
　形形色色
像追蹤而來的
　喧囂大隊
引發我以沉默
　抵禦，他
領走空白的
　生存位置

靈感頓時
　失去著落
魂魄闡述
　流離意義
飛入他自己
　留下的詩詞
翔集而凝結了
　一生

註：本詩引用陳義芝的詩〈虛舟——蘇軾展演〉裡的詩句：「他，憑一幅畫像引領靈魂飛翔」，寫為隔行藏頭詩。

一罈酒寄予五柳先生

——並追念詩人周夢蝶

先行者你好，我是
生存在二十一世紀的老朽
不如一隻不飛不跳不啼不叫的
知識份子，平日蹲著就遺忘在
何去何從的話語裡
許多黑暗已降臨
（情味變薄了，理想撕碎了）
也無聲音反抗。世俗

亦步亦趨，我不能翻轉
不能脫去遮掩，不能
詳閱自己寫過的真實
其壓抑如同被刪除的
姓名，逃逸的
字

不讀傾斜的部首
求詞語閃爍其位置

甚且編排無韻之舞
解放被困守的意義

每回感到這些讀法的無味時
會與你那五株靜止的形物一起徘徊
意圖遇你，抱你，賦你，藏你
便能接受我所寄予的，祈求
欣賞我的化身
然後請醉臥
忘情而眠
食了我

梵谷印象

感覺是多麼真實
我有半邊聽不到
飛過的陰暗
我有半邊聽得到
飛過的明亮

畫面是多麼真實
我有半邊聽不到
蠕動的黑色
我有半邊聽得到
燃燒的彩色

當年我失去那一邊
你就成為我這一邊
從此眩暈了
聽覺世界
整片陰暗翻捲

一群黑色低掠
是多麼真實

塞尚印象

我不斷吃著冷靜的焦慮

某年冬末，我把歡愉藏著
驚恐把我藏著，某日下午

持久的均衡是活著
我一樣有早期的壓抑
我一樣有晚期的蒼茫

在狂歡的最後一天
我沒有黑白對比
我僅有色彩對比

而我不斷的描摹消失
而我不斷的描摹孤獨

我沒有銳利的情愫
我沒有現象的自然

我知道這是感動
但我平靜

不能將我透視，某日下午
某年冬末，不能將我幾何

我的輪廓是光，是空氣
召喚一片廣大的自由

救世主

無形的形
繼續移動
那些卑微
繼續移動
那些懦弱
繼續移動
那些疑懼
繼續移動
疲倦正在發生
我需要救世主
無故正在發生
我需要救世主
失落正在發生
我需要救世主
那些暗塊
繼續移動
那些節奏
繼續移動

那些疼痛
繼續移動
沒有終端

得於遇見一種淡然
在平行空間裡
我伸不進去
另一個假如
我伸不進去
另一個彷彿
我伸不進去
另一個分身
得於遇見一種指引
看似對面的對面
卻漸漸靠近
他
實則派遣
實則降生
實則蒙蔽

童話裡的小孩

那個小生命
始終沒有被圍繞著
那些體溫，被阻隔了
被冷卻的，那些話語
沒有接續，形同空白

穿透出去
外面在遊行
回不到裡面，裡面是
擁擠著的，許多靈魂
像印在一起的名字
打結、摟抱、告別

像印在一起的傷口
撕裂、咬碎、吶喊

像印在一起的回憶
模糊、破滅、變形

他不在一起
真的，不在一起
他獨自繞到遊行進不來的
政治進不來的
縫隙裡
翻閱了
童話

禁不住的冷顫

有時想起自己都三十歲了，就禁不住打冷顫。
——洪醒夫書信*

無數的寒氣吹過來，抵達南端
最柔弱的一頁，我亦不過是
即將墜落了的名字，搖晃
粉碎，像是一種生命的解散
我僅僅記住三十年多前你的寫法
現在，我什麼都窒礙了

有一列列右翻直排的文字
時間急駛，經過左翻橫排的文字
想起你寫好的小說原稿，逐句
起伏如同吹過來的黑暗，無數的紛飛
自己印刷著自己層層疊疊的想像
已經向著北方宣示個人的初版形式
都快要和我的詩集並行不離啊
三十歲了啊，仍然被抽換撕毀

如果文字不夠溫熱，我願和你一起燃燒
變成氣體，融化冰冷的群眾
我願一覺醒來就是真實的世界
縱使只剩一些標點符號
找著位置，釐定人生的文法
我亦不過是一種塗抹，和你一起擦去
擦去分段之後，生命的距離

我亦不過是一種黏著，和你一起黏著在
詩刊和同仁和活動和友誼之間
把自己的形狀也黏入裡面
固定，即使九二一，也絕不動彈
但是現在，我什麼都窒礙了
像是翻不開每一層的頁碼
但是現在，我什麼都窒礙了
像是出版不了的詩集和斷絕的文學獎
只能悄悄回想三十多年前你的三十歲
就禁不住打的那一次冷顫

在那一次冷顫裡，有我六十歲
才替自己打天下的冷顫

註：這是民國六十六年四月十九日洪醒夫寫給我的信，信中有一段：「我在走回頭路，終於走回原來出發的地方，現在變得粗俗土氣，有時竟至不可理喻。一覺醒來，覺得什麼都是假的，詩刊、雜誌、開會、活動，有就收，沒有也可以。只有替自己打天下才是真的。在兩三年內，我要先印幾本書，再談別的，作品是最好的推薦書，不事耕耘，終究不是耍頭。你最近寫得勤，給我很大的激勵作用，希望《田莊人》寫完之後，還能弄篇小說參加聯副徵文。有時想起自己都三十歲了，就禁不住打冷顫。」

樣子

從前有一個性別難辨的樣子，它常把自己扭曲
樣子很妖異，誰瞥見了誰就會複製相同的樣子
樣子發現自己越來越多，隨時就會遮蔽和重疊
以致想抗拒或殺戮，不得不把自己拉直及硬化
這個樣子變了樣子。它被社會塑造，它被時代
催化，它被邊緣劃傷。這個樣子死在樣子裡面

友誼論

朋友是——被發現的
潛入不被發現的裡面

寂靜的時候，就探出來
好像玩物目錄裡
過期的罪惡

但是，隱藏朋友是
快樂的，可以在半夜裡
一起分泌黏稠的情愫

然後哼著一首二重唱的歌
聲音像是被切裂的兩半
再併合時，傷痕上下交錯

這樣也能唱完，分岔著的不安
也很想笑，很想哭
痛的，潛入不痛的裡面

回到寂靜，輕輕劃掉
一些離去的名字
卸下過期的罪惡

以及一些註釋，隱藏在
不被註釋的玩物裡面

與兄對談

與兄對談，臨摹危與聳
不同的姿態有不同的
倒影模式

靜靜的風化，散落
時間顫慄，起於與兄對談
竟是蕩然無存

那些老詞，挪移於話中
與兄同時剔除成語
讓經典滅亡

同時透過視訊傳播
形與色，俱露無遺
掀開理論的窺視

而與兄對談，隱則隱
情則情，都別掛在一起

雖然空間旋轉後失去方向
再回想與兄曾經同為一卦
起乩時，像兩支曲子
交錯，千迴萬盪

父子理髮

出生時的，模樣
凍結於描繪裡
那層層的，顏色
漸次褪去想像

我為你剪著你
初見我的哭叫
你為我剪著我
俯視你的笑容
來到世間的第一天
就已塑造老和幼
雙重的剪影
從底下翻到上面
黑與白
全然萌發

我為你剪著你
給你一種型式

而你回轉，回轉
幾次之後已凌亂
背離型式，依然
是你來為我剪著我
上面的稀薄
傳統的光澤
是你為我雕塑的
一種年老的型式

是我的埋葬
像每年的清明節
那樣整理過後的
景色。一片
可以撫摸的爽朗
就在你的體溫下滑過
輕輕割著我
曾經耕耘而今
變為細細的白

你仍黑，堅硬
讓我撫摸你，直挺
為你理平思維
讓那些傷
不再高高低低
在你頂上
我是魂
褪去
不曾發生

同學會

在同學會那一天
我們的稱號，要變大變小
班長或是學藝或是風紀或是
擠擠又擠擠，也要擠進
又長又捲的一條回憶
哦，排排坐，你是鄰座
老是和我交叉而坐
如今，你還想盤著我
我盤著你，等候下課

是人生的下一堂課
很難讀的深更半夜
你來了訊息，又走了
少了一次追思的機會
情感反覆的姿態
還是一樣沒大沒小
你和我一起上學走過的
塗掉的，都再出現

在同學會那一天相視
而笑，不笑也很幽默
我們相擁，繼而調小光圈
因為要讓細節一一呈現
繼而調大光圈，因為
需要景深，讓歷史朦朧
你要靠攏我，不可漏出界外
因為你是我生命的小學

往後

——老伴

你走了
只留下你的一部分
一部分的脆弱
和一部分可以啃蝕的
記憶
往後我該如何過
用你留下的脆弱綿延一片
情感嗎，該如何
停止在
邊境

往後我該如何過
每天用你留下的記憶塗抹
塗抹一種
會行走的顏色
走過他
走過她
但從未走過我自己

塗抹成同一色調的背景
找不出我藏匿的
怯懦

我是多麼畏於出現，往後
該如何過。
「這是僅有的生命
存款。」
用完的時候
誰能
還我

缺口

——致父親

密密縫合的理論
有一道疤痕，他塗抹
他修繕，他在裡面
去到最深處，翻找
拆解，文字成了碎片
像是祭典上，飛揚的
白色，焦黑的黃色
眾多模糊的容貌
重疊，浮現為一個
巨型的硬體塑像

就矗立在上空，像是
所有可能稱之為父親
的理論。他必須聽從
所有的希望。他必須
忘懷，曾經失落的光

沒有詩會走向他，他寫過的

卻與他不相識，像是戰後
他吶喊過的，卻沒有轟隆
回音，詩靜寂，不曾言語
被包圍，層層覆蓋的
永未歸來的，是兒子

是一種寄出，而無法抵達
的疼痛。他必須撕開
先成為傷口，再放大為
一種蒼茫，迎接奔騰的
文字，如兄弟，聚眾而來
成為黨成為篇章成為
理論。讓理論有一個
可能是方的，或是圓的
或是碎裂不成形的
缺口，他要帶著
文字出去衍生

退休心理學

我想把所有的封閉都打開
包括許多人埋藏的
欲望。我想把許多熄滅
恢復成卑微的閃爍

我想在說出意圖的時候
一個純粹的現實，也能
同時誕生。一個真實
也能獨立存在。
（不必虛構這世界）

畢竟，常見的影響
可能屬於懦弱的一部分
卻仍然保有徘徊的意識
我就開始放逐遺忘

放逐更多自己的力氣
消退如同一個不會立體的

結構。但是我想這樣是一種
一生最舒適的平坦

沒有不好。我想這樣
退休絕對是從最精緻到最後
一個邏輯的享受。
陪伴著我的，這漫長的歷史
我沒翻完，僅僅是翻過

退休生理學

又到入夜時刻，我必
更換形體的外表。又到
隱藏的下層沖洗那些
不堪的自己

出來的管道酸澀不已
既然包紮了，就從
末端往上擠壓，揉搓
漸次粗糙的表層
讓其逃逸

我的背面曾經遇襲
現已彎曲，現已
太多轉折，也不如
一種趴著的睡眠
似同埋葬模式

又到醒來的時刻
檢視自己，所剩無多
像一些零件畏縮至小
時候不明，無從辨認
是我的，或是你的
散落的紀念

我所未缺的
是那顆思想
是那粒情感
只不過在自己的結構裡
搖搖欲墜。形成
美好無比的
萬念俱飛

如此反覆鍛鍊
又到入夜時刻

勞勞亭

——寫外籍勞工

我們的病在這裡摺疊
彎曲後，再分離
祝你日後的日子
都是直行，抵達

在一個不設限的國家
記得限制自己，記得
勾勒自己，繪在
陌生的語言下面

這裡的故事沒有遮蔽
我們從小相互裸裎
風景在濃淡中呈現
書寫著不同的文字

摺疊好再走，你要
哼唱，留下聲音的溫度

你要捻亮前面的陰霾
沒有空間，再關熄

我們是困頓的，是
困頓的，即將是困頓的
無限疲乏的，勞動
藥已過期的，仍要吃下

食人族

我送父親去旅行後
所有的晴朗，都是母親做的

她一輩子做著一樣的事
和寂靜一起吃著寂靜

她說自己吃著自己
自己才得以生存下去

我讀到那份公布的新報告
政府的一輩子，都是吃著我們的一生

不要吃掉我和母親
不要吃掉母親一生積蓄的晴朗

只為等待我父親回來
能看見我們還活著

背包客

沒有不適
不必封口

親愛的兄弟
不要忘記死，好言好語
慢走一步，讓心裡掛著
繡有平安的你
溫熱，裝入
安眠

苦味，它是甜的
崩潰呢，它是立體的
親愛的兄弟請你在夢裡
多觀看流動的物象
因為那是自己

我怎麼能不揹著你
我可以不愛，但是當你前往我

怎麼能不剖開
封住的話語

沉默，曾是我們的生活方式
將有一顆聲音，圓圓的
不被包裹不被藏匿
我說的是一顆思念

揹著你，很重
又很輕。放下你以後
我把哭放進了
你

部落客

這夜，讓什麼撩撥著
看得見的迷惑
讓他輾轉

撕和裂
一起成為動態的智慧

他置身陌生的語言中
愈加感到孤獨

他不能用自己的語言出去

我是否緊緊抱過或愛過
要給他寫一封
一封夢

懶人包

——給便利商店外的旅人

這物，纍纍
繫在可懸掛的旅程中
這物，於你昨夜離棄自己後
開始打造，捲捲摺摺，留一出口
把你反過來，就是入口
這物，如有形狀
重複另一個經過的生命
我背著，一起走
這麼簡單
一起走

這物，彷彿有體溫貼著我
這物，難窺全貌
這物，不主動蒐集訊息
這物，虛妄得可以神話
隆起時將有千里的緘默
最好不要弄破
收納著我對你暗中的愛

不許說
封住
如此之文雅

這物，沒有時間
這物，如此之慵懶
這物，沒有真實的力量
敢放走你的和我的
各種悲傷
這物，如有形狀
敢再次重複
那一個經過的生命

誰跟隨我進入廁所

——上Facebook臉書偶得

離開具象，我以無形
才得以從空隙進入

沒有想到，那些膨脹的
感覺，會讓我持續撐著

不都是關著的，怎麼後面
突然多了一個陌生的體溫

還有體臭，以及傾斜過來的
我必須抵住才不會發出的，錯愕

他釋放著一些曖昧，或許
是我過度恍神，沒有對準

灑到旁邊，像是一種抗議
也可能是隱喻我很巨大

也可能是我的隱喻很晦暗
也可能是我的隱喻很無聊

但是萬萬沒想到，他跟我說：
「對不起，沒想到裡面有你」

「對不起，你先上」
我按下一個「讚」並沖走想像

鬼魅記

沒有言語的黑暗
靠近我們，包裹我們
（一道陰影悄悄探出來）
讓我們看不見把時間倒轉的
是誰的唆使

「有物經過時，我們看得見
自己變什麼形狀嗎？」
先變成七月半，再變成八月半
黑暗排隊領取自己的外表
相見時，能夠歡喜
冤家一場

黑暗旋繞著我們
一直不離去的組織
就有一個中心
像是一種沒有底的陷落
瞬間吞噬了具象的物

我們也有瞬間，悲哀的
但僅只有一次
被完全的照明
抹煞

黑暗也有經過
在邊陲，物的睡眠
（一道陰影悄悄探出來）
夢見了我們，悲哀的
相視而笑了
只有靠近
才有可能的
存在

香水迷

他收集許許多多
不同的殘念
放入一個透明的裡面
觀察

他倒出最初的
凝神一滴。

即刻消融
發酵，即刻瀰漫
即刻如癡如醉
如陷入

如真的幻境。
一種遺忘的神遊
全是精煉後的殘念
作祟

他壓縮了自己
在透明裡
變成最後的
一滴。

業務員備忘錄

如果你正在考慮為你下一個時間的銷售
那麼你已經來不及回到失蹤的訊息裡

「我整天關注你，看著就有感覺。」
你應該得到很好的效果，可是
你包裹在你的話語也沒刪除
比初戀失敗還絞痛
畢竟這是你的最後，你知道如何處理
當作一個淘汰的文案

你邀請了甲，也邀請了乙
讓他們通過相互穿梭的愉悅
（你沉迷於虛擬的性交）
留下副本
以此為證
你會被深深的牢記，連結
等到有一天，全面挖走了你

有聲有色，慾念如此美麗
（如果性是一種權威）

如此不可喧譁，密談的方式
包括一些走漏的想像
都會糾纏而結黨
你應該出走，避而不見幽暗
包括一些驗收後的錯覺
以為哭了，以為笑了
都會漸漸靜默
無聲無色。關住潛意識的

抗禦。這是每一日的工事
累了親吻對方再摟抱一下才存檔
彷彿沒有發生，這是
分享的交易。（可能受孕）
後來，你再也無話可說
交給監視者你的形體

經典的姿勢，千萬不可重複使用
交給監聽者你的沉默
是朋友的話，用不著回覆
很多的表情都紛紛變質

因而你在下午的昏沉中要下決斷
（拒絕是成交的開始）
是一種對自己的傷害
下午三時，即使對方堅持站著
緩緩地飄來懷舊之味，傾斜而靠住了你
下午七時，晚風是涼涼的指令
把看不見的細節放大
讓老的時候
還可以清楚挑揀出以前的自己
放入（有沒有關係很有關係）
再慢慢咀嚼業務守則，最後一條

直至糜爛：精采的一生
建立於每一次暢通的排泄。這個訊息
讓頹圮的時間安靜而順利結束
你寫下與精神有關的備忘話語：
「我整天關注你，」
「看著就有感覺。」
紅潤的話語
戚戚焉

過氣的詩人

——過氣，無關乎年齡及世代

他的意圖是寫
他不承認任何獨立的
休息

他指出
儘管世界幾乎沒有見過他的著作
不團結的語言，更是
對他的一種背叛

做為他的思想的一個證明
意象之間經常吵架，討厭彼此
甚至可能去謀殺
任何的感觸

他習慣的正義和道德
都被撕下，揉碎
好久好久不再有動靜
以及探望

不再有預期的邀請
他將永遠被完全解決
安頓。就像廣告裡
老套的文案
那一首隨季節而換裝的詩句
都已紛紛墜落

一疊疊的聲音
比新一代的問題還高
非常幸運的是
他啞了，不再有
彷彿對世界泣訴的震盪
和平，是靜寂

在一個休息的朝代
找不到詩的時候
他命令文字翻譯文字

術語翻譯術語
日復一日
獲得狂喜

我的分身和蟑螂們

——給幾隻死忠的粉絲

我將要離開一段很長的時間
或是永不回來
我住的空間將會空白無詩
夏季將會灰暗陰冷
你就把那幾隻死忠的粉絲
趕走吧

牠們不走嗎
牠們還會等我的支離
破碎的情感嗎
牠們看不見我裸裎的夢
還會想玩偷來竊去的私慾嗎
你打掃了中央
牠們躲到了邊緣
死寂之中啞啞嘶嘶
聚集一個部落
吟誦我留下的詩

牠們等不到我的慵懶回來
慵懶牠們的生活
牠們將會突襲
另一個部落
找出我的存檔
然後將不能吃的也吃
將不能毀滅的也毀滅
比過往更為劇烈
彷彿要從失去的我裡面
討回寄生的時間

你有一點點悲壯的
動作，即是我的搖曳之姿
等候一個秋天的季節
牠們也有動作，和你競逐
一點點飄落下來的
旋乾轉坤
即是我在敗壞的樣子

即是我在枯寂的樣子
即是翻轉回去再翻轉回去
倒掛的樣子，仍會
墜毀

你墜毀了牠們
只不過是像一個噴嚏
成為入冬以來
可以凝固的驚嘆而已
但你思念了牠們
防腐，封存，標本
這些曾經和我一起生活的方式
除了你
乾淨是可恥的
都一一要將之殺戮
讓我放心離開我的空間
也是一種幸福

濕地守護者

混合，很容易死亡。這些獨唱
在找著自己的平安，全部出來
一個一個並列，像洶湧的
傾瀉不止的。誰在飛翔

北方有崩裂的聲音，但是
什麼都沒有看到，但是
許多走著的，都很焦慮
但是，我們堅持把悲哀居住在這裡

像語言，自由浮動，有一些沉沒
有一些流失。張貼也是唯一的
抗議。什麼都沒有看到
我們仍然繼續在語言上張貼

但是，什麼在飛翔
是死亡嗎？掠過，掠過，掠過
困阨將至，我們的悲哀支離破碎
現在，小心守住僅存的貧寒

南門。卷三

遊完了空無的信仰，登上高層。

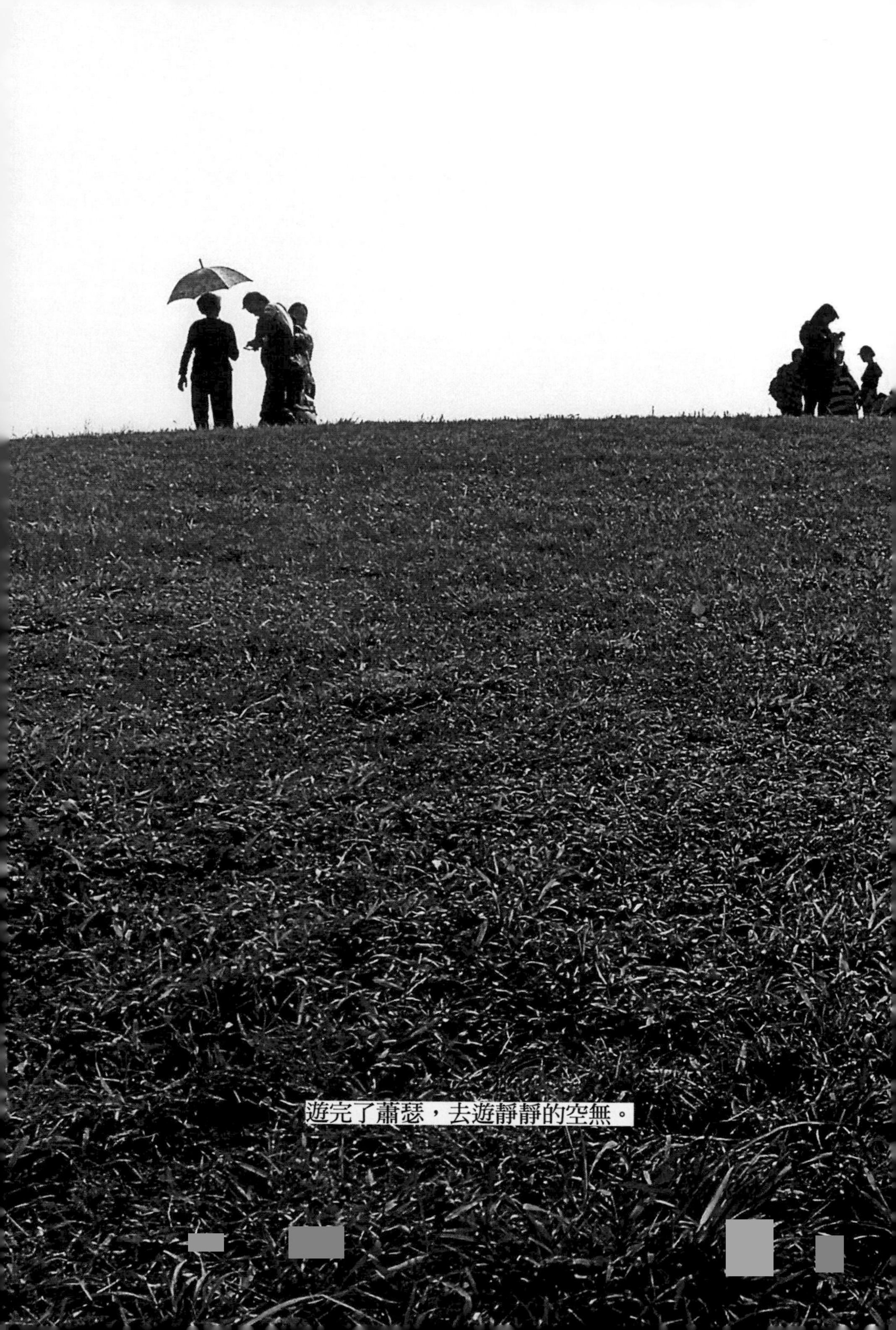

遊完了蕭瑟，去遊靜靜的空無。

一日遊

遊完了北方的寒意，轉
搭乘暗號前往邊際的
時間，聆聽睡眠的嚶鳴
再轉搭乘繞彎而來的班次
前往黎明之東

遊完了蕭瑟，去遊靜靜的
空無。遊完了空無的信仰
登上高層。遊完了高層的
寂寥，下來遇見
從南方捎來的印象

召喚我轉搭乘荒蕪
而去，沿著大片的繽紛
舞蹈及歌詠。穿梭出來
彷彿讀罷一篇虛幻
迷離，遊完錯覺
陷入暈厥

轉向西，遊記中
故事越過故事
模糊往清晰前進狂飆
停駐在空曠裡的
一句話語

「到此一遊，這世界我來過。」

如此明確我已抵達
我已翻覆，我已不是昔日的
那片小小的風景
一棵，一道，一棟
所構築的孤獨居住
現在，我又出發
搭乘夜色

人在大安

北方不安的話語
偷偷經過，變為流放的
聲音，而且如此低微

只能是一種呢喃
而且，從來如此反覆
如此伏擊，而且擱淺
如此不安的一個場景
我在此座落

我卻不在此，找到
一個躲藏的聆聽者
空曠還給空曠
也看不見停滯的自己
是如此夢幻

飄零一再飄零
而且，是如此追逐

像要拆卸一層又一層的
漂蕩而來的堆積
或是沉埋的喧囂

或是哀傷的封鎖
（因為你到另一個地方生存）
靜默，我過不去
因為如此呢喃
要還原為如此聲音

緩慢是一個旅程
我從來不知道
經過空白，我是空白
要留住什麼這回事
我從來不習慣

我卻已在此座落
閱讀深處的真實

抄錄的時間遠甚於一生
（你用了什麼麼模式）
如此真好，我已平安

自南方吹來的季節
有甜蜜的話語
如此真好

註：大安，台中西海岸的一個村落，介於大甲溪與大安溪之間，據聞在一八四二年曾經發生過大安之役，為第一次鴉片戰爭中，清朝少數打敗英國海軍的戰役。大安曾經被稱為「海翁窟港」。

凡間記事

下得來的，依稀是
一批未涉世事的

往常需要對號的位置
正淒涼的爛掉

鏤刻他和他的驚訝
每天，都是不明所以

就這樣忘了那樣
我也回不去的往昔

每一段相似的時間
會被塗掉（他和他）

但不久，我睡醒了
又會被重新畫上符碼

在不斷塗塗畫畫之間
終於添了意義的厚度
我要的（看了就想哭的）
就是這些厚度
我已問過，拆解不開了
所以我終生陷落於此

海岸讀浪

瞬間
噙著一滴世界
大概在你動的時候
我就靜止了

你用許多排比的語言向著我衝來
我聽見一種新的顏色發出聲音
一種新的聲音看見了我
我迎著一望無際的
一滴世界
懸垂

而我的意念很想下墜
你過的生活
都在惡劣的
邊陲的邊陲
圍抱著黑與白
可是，你仍奮勇而來

逗我弄我

我在你的羅列之中
像是跟隨一群
駢駢的舞蹈
我再也不是異性了
青春的顫抖
底層洶湧翻滾

大概在我動的時候
你就靜止了
這瞬間我能愛你的方法
就是噙著一滴世界
帶你回來

一隻蛾貼伏在車窗口

我們要回去了。和駐留的
一大片一大片的青春
說再見。

可是說了再見，曾經是一大片一大片
的青春就要漸離漸遠
我們載運著，被載運著
一樣要經過許多
風景

與青春漸離漸遠的風景
漫無止境，沒有速度
就黏住了我們
在我們的呼吸裡浮動彷彿有了重量
以倒垂的樣子
看著我們

原本一大片一大片
濃縮，成為
一隻叩緊我們的吶喊
在透明中僭行
和回去的我們或灰色的我們
不離不棄

牠究竟是我們的朋友嗎？
一樣要經過許多
情感。說「謝謝你們
載我一程」之後
一樣要像黑色
飄落

我們才驚覺
那是我們不再看見的青春

路過某紀念館

很多時候，就像
被撕去的感覺。在外圍
我的語言重複繞著
遺留的物象

很多時候，生命都在
排隊，走到入口
不僅僅是為了紀念
而是離繪，這事件
很抽象

像是我，脫隊而去
不想跟歷史擠著
搶一個位置，再
看著別人的位置
再換過去
還是一樣排隊

而我第二次脫隊
對不起。真的
撕去了無痕

夜宿

——外頭，有抗爭進行著

只可惜，那些
漸漸沸騰的夜色
沒有理論給予演示
靜寂未能成形

那些到處流竄的晦暗
沒有住址
如何寄宿
如何一覺醒來變成明亮

所以，距離更遠了
你聽一聽
那些日期都騷動著
而我，靜寂更遠了

幸福不進行

幸福進行曲在遊行
從那一端，走到另一端
綿延成千里的背景

只是一顆沉默的
聲音，遺落在一個懷裡
聽著自己的同伴
在遠方，憂憂
悒悒的唱著

沒有什麼追隨的
欲望，也忘了
搖著暗示
也忘了按下
理想的開關

只是不絕，於
安靜的面積裡

劃分區塊
埋葬各自的
聲息

傷心小棧

1

我已經完全失去形象
你也完全失去形象
尋一偏遠之處
可以休憩
可以療傷
的遮掩。入住並且關閉
成為一個寧靜

已經完全平坦
我從前之坎坷
也完全攤開
你從前之摺疊
然後我和你，並有一個他和她
一起圍坐於四方
對峙，依序按左移動

2

他和她是誰
搖晃之間
同時淪落
你和我是誰
輸入尊姓大名
也非真實
他和她和你和我
相互傳輸
吃食和吞噬
一回又一回

做了朋友
便與之為敵
做了愛
便偷偷擦拭掉愛

我抽出一些，丟給他
他左移，也抽出一些丟給她
她不得不左移靠近了你
你抽出一些
丟給我無限的
我不能接收的
翻開底面
隨之變化的
厭倦，像是
共躺一個
深夜

3

位在西方
北方和東方
而我居在南方
都隨之擊滅

清明

我們一大早準備好上去到一個每一年都出現的題目
然後打掃所有的內容拔除那些不斷生長出來的糾纏

我們也要一直追蹤到他們的年代拿回給下一代的紀念
然後在明亮清淨的氣候裡告訴自己即將黯淡即將死去

題目的下方有焚燒的自己彷彿飛了起來，這樣精彩
焚燒彷彿飛了起來飛到飛不上去的地方，這樣結局

你問我退休後怎麼過生活嗎？

你這麼一問
我愣住而悲從中來
基本上我是沒有生活
只有日子

時間每天給我一個日子
我必須從醒來的那一秒鐘開始
把日子推還給時間

而我與時間的距離愈來愈遠
而我的體力愈來愈差
日子愈來愈重

我推不動日子了
我怎麼有生活呢

沉默的器官

他偽裝了一輩子。和我
相聚的時候，他不笑
他不哭，他不說：
「你揭開我
　話語不在裡面」

撕去時間，往往沒感覺
所以繼續的，往往沒感覺
對熟悉的侵害，往往沒感覺
所以受傷的，往往沒感覺
我不愛著他，往往沒感覺
所以我愛著他，往往沒感覺

而我沒有勇氣揭開
而我只有包藏
而他不說：
「你這個傻子
　已經很嚴重了」

他就在看著自己
這是一種等到的發現
（卻也沒有動靜）
他是那麼陌生的
躺在我的裡面

怎能等到發現的時候
才要揭開我，聽著
話語出聲。往往
變成我躺在
他的裡面

他沒有宣判的機構
宣判我是來不及聰明的
傻子

返回

我自說出的話語裡返回
已歷經十年的時間
不，或許是
一生

那個意義誕生
在我的話語裡
這個想像蒼老
在我的話語裡
那個情愫生病
在我的話語裡
這個知識猝死
在我的話語裡

我終於懂得話語的宗教
必須有返回
像是回聲
萌發的去

枯萎的來
才算完成

傷老

或許發生的過程
先是沉默的哭
後是騷亂不止的
絮絮話語
在邊緣，離我很遙遠
看起來是一團
要迸裂的
童年

或許
消逝的過程
先是腐蝕
後是撕開
把童年裡面僅存的意念
暴露，扭曲
摧殘，丟棄
看起來是老化的我
無以挽救啊

憤怒的手掌

一起失去了自己的身份
怎麼看，都是一個可悲的事情
也是一個貧窮而遭受虐待的
被捏碎的名詞

覆蓋。握緊之後
凝視著悄悄通過的童話
看到他們用力捶擊語言
難道不是可怕的，不是骯髒的嗎？

假裝沒有發生
你只是消沉，我
想努力涉及你
拿著時間，我卻疲乏

為什麼遭受邊緣化，我的愛？
輕度查詢，再細細書寫
你在文字裡面

會愉快嗎？

你所得到的，都在你平靜的聲音裡
輕輕彈出，才有原來的幸福

而他們給的名聲、天才、美麗
都沒有理由變成魔術
只是瘋狂的哀號和揮動
單調，也突然

已經離開了，你才出發
就是去探望和去索回所有的青春
可是我已經鬆開
從陌生的尖端
滑落

潛台詞

1、旁白

他出生在邊緣所以自幼離群
他未曾遺棄自己而且留下蹤跡
他偶然進入某些事物裡面
他意味著一個時代已經鬆動
他夢見黑暗的詞語席捲在你我
之間

2、對白

「你的語言沒有意象
你的愛沒有意象
我恨死你」

「恨站在那邊
死倒在這邊」

「沒有意象我的生活
沒有意象我的思想
我恨死你」

「恨是一種錯誤
死是一種美麗」

3、獨白

我很老很老的時候，請不要
給我立名、立姓，狠角色只不過是
時間的消逝，是攪拌中的
從未發生過的旋轉，在一瞬間
變弱的訊號。假如有黑暗接收
我是一個詞語

最後的離開

那些最劇烈的政治
以急速，隊伍似的前進
於是我的顫慄
離開了我

我繼續站立
被輾過
但我未倒下
我是穿越的魂
是代替傷痕的影子

於是我的傷痕
離開了我
向巨型的思想投擲
使內部破裂
使大家看得見生命的掙扎

看得見是一群蠕動的話語
要組成篇章，要嚷嚷
要有聲音的世界
於是我的感性
離開了我

我必須他往
而非離開
那些懦弱
那些睡眠
那些我泣
我哭

攝影後遺症

1

我很疲累
必須在風景裡休息
風景很疲累
必須在想像裡休息
想像很疲累
必須在文字裡休息

2

何必發生照樣造句的詩
只因為語言在原處迴轉

成為一個交通違規的
樣子，語言被照相了
就變成了文字，瞬間
凝結在一張張的遺棄裡

3

在時間不見的時候
我偷偷釋放自己
我唯一的習慣是
刪除刪除，刪除自己
在空間不見的時候
影像才悄悄發生

深夜食堂

在此，埋設了座位
也埋設了截止的時間
在此，社會主義是冷食
浪漫主義是熱食

我沒有主義，不知要
吃些什麼，不知要
和誰同座互視對方
不知會看見什麼吃相

我沒有快樂，吃飽是
很滿足的樣子，就忙著吃
把抽象當成具體來吃
這樣就飽了，其實是餓著

我沒有悲傷，餓著才會
一直醒著，用力盯著

夜色中移動的形體
向我逼視，彷彿圍捕

我沒有逃匿，在此
酩酊，成為一種掩飾
藉機飽食終日，惶惶
在此，夜與我躺下

壓力將我們燙平
薄如一種生命的表層
輕碰就碎。裂隙裡
我真正的痛在蠕動

我從來沒有虛假
那個裝盛食物的容器
就盛裝著我，燉著我的猥瑣
讓我食下我自己的殘念

夜在此埋著晃著夾著
低等吃食的及物動詞
我的名姓是其中之一
臭味相投而不知下流

不知交情也隨著漲價
帶著飢餓的器官來此享用
摟著另一半次第而坐
夜在此切著絞著烤著

而我，是其中的誰啊
誰鄰接著我隔著我並排守候
遠處的時間。等黑色褪去
這夜的痛還在我下半身蠕動

收藏公仔和它的意象

每夜望著背景的形容詞
似乎有一個迴轉的運行
速度之快，使時間暈厥
你說，那是童年

童年裡並沒有發生的形象
遊戲，你玩了起來
整場比賽，用孤獨做規則
熄滅和停止令，沒有改變亮度
你仍舊是我的童伴

許多瘋狂，是分不開的
為此，和靜坐的理念，對抗
好吧就還給你。當年老的時候
你已經成為形容詞

你形容了一支奔跑的歲月
你形容了飛馳而過的靈感

你形容了一種魅惑之形
把自己塗抹在
任何可以形容的事物上面
黏稠，無味
這就是模組

你說，回到童年
之前的生活立體造型
軟弱沒變，耗在
在乎簡單，讓我自己打開落寞
還不明白，淨空一切
悄悄安裝一些對話
轉動你的形容詞·

肋骨之傷

1

佛羅倫斯啊，穹隆
舉起什麼，刺進了你

位於兩側，位於外界
你的建築，是作品
於是，使你昏睡
取走了你的傷口

躲在側面的邊端
看見踢斷的時間
使作品靠近焚燬
結構痙攣而抽搐

治療顏色，可能
造成內翻，往後

舉起什麼，刺進了你
佛羅倫斯啊，穹隆

2

感覺是多麼真實
我有半邊聽不到
飛過的陰暗
我有半邊聽得到
飛過的明亮

畫面是多麼真實
我有半邊聽不到
蠕動的黑色
我有半邊聽得到
燃燒的彩色

當年我失去那一邊
你就成為我這一邊
從此眩暈了
聽覺世界

整片陰暗翻捲
一群黑色低掠
是多麼真實

3

混亂了，我沒有
一些清明的，一些
晨間的透澈感

我沒有讀一些你
你是沒有形狀的
不穩定性的語言

我讀不出的意思
竟是不如淺淺的
輕輕的，碰觸感

你是沒有關閉的我
你是沒有扭曲的我
你仍是很遙遠的我

我不知要做什麼
在混亂裡，親近了你
是無所為的偶然

註：義利佛羅倫斯大教堂，其建築結構有八邊形肋骨穹隆。

萎頓的器官

生命來了
來看我

會唱著詩的顏色
是什麼顏色
在我的上方挪移
淡的瞬間
看見很遙遠的快樂
濃的瞬間
感到許多的溫暖貼近著我
而我已

我已，數日，未食
語言，收縮，無聲
我已，譯成，消逝
原文，無處，可尋

生命的細節裡曾經坐著這麼一個萎頓的器官

像是父親。像是母親。像是兄弟。像是姊妹
相互撫觸著的白天與黑夜，在體內也在體外

我不爭氣
活下來
可，可否，原諒我不爭氣

我的靈魂
被政府的身體凌虐

物都有靈魂，生而自由遷移。漸漸聚合
成為緊密的群體，相濡互染，並呼喚著
母親的名字緩緩如流在我底層最溫暖的暗語
出生後的我，是多麼的透明

在我的透明裡看見遠方的風景。在我的
透明裡看見遠方的政府。在我的透明裡
看見遠方的憂懼。後來，我失去的
透明，是一種靈魂

一種住在我們所建構的政府裡的，何其弱小
漸漸被欺矇，被壓榨。漸漸變成灰暗的
模糊的，熄滅成小時候跟著貧困跑走的志願
而我沒有哭。而我沒有把話語撕裂

我沒有，就是沒有還以暴力。還以最痛的
影像證據。還以最苦的愛。我沒有
對抗的能力。我沒有找到我的靈魂

清洗，以及繫上一個號碼

成為消逝的同行者
湧動如綿延千里的隊伍
成為善。成為惡。成為命。成為唯一的行走
折返我的遷移方向

回到，或回不到透明。我都被籠罩，被支離，被邊緣
我不掙扎，我靜坐，我平躺，我懸掛，我漂流
找到，或找不到的一顆瞻望，已成為
我（向著政府）終生鬱卒的方式

我與我的對峙

這裡：下載他們
（30秒鐘擄走）
下載他們，修改為
我的匿名之分身
再派遣回去

這裡：輸入你
！拒絕。輸入你
無法交叉，比對
註定失敗回到未來

自由式的任意游著
找不到黏著的對方
現在，我要得到他們
只能瘋狂地撞擊

換不同的姓名和性別
重新下載，像撈起

很快就沒有感覺的音樂
乾掉了，皺掉了

機動性的更新著密碼
（沒有增加新的味道）
很是乏味，除非讓光滑混亂了
添加一些粗糙的摩擦

但是仍然失敗。激怒了
踉蹌的言語，他們說：
褪下所有的外表一個一個來
沒有什麼不可交易

可觸及之處，逐漸縮小
在時間的照射下，我的我
和你的你，逐漸合一
逐漸完成超現實的生活方式

留在這裡：下載他們的一生
繼續失敗和失敗，然後
駕駛著空白，穿透黑色
沒人發現我和你被支解了
一片一片，正在輸入

腋窩

這裡濃密著許多
不覺得嗎
這裡的生活
不覺得有異味嗎

要招呼著自己的痛
每天忍著許多
無法制止的黏稠
唉，發達所致
因其分泌，因其染指

常欲除而後快
就把關係終止

在睡前
芳香切除著芳香
芳香縫合著芳香
芳香封堵著芳香

等待明日醒來

恢復了情感
對這裡再度因誤會
而結束了許多
許多出現的
分解而形成的
濃密的愛

這裡是病毒的區域
愛的罹患率甚高

北門。卷四

有一些痕跡醒了，也跟著移動。

角落醒了，跟著移動。

一些想像的成分

有些散亂，像放逐於外界的
感覺，回不到刺痛的焦點

有些秩序，成為一種催眠
卻很沒味道，很難尋找

和這些現象擠在一起
總沒有好好磨出情感

我已不是我，而你仍是
仍是令人費解的一些想像

重疊，互相掩飾，偽裝
還有一些羞恥的觸摸

有些狀態，發生於周邊
像嗜睡的顏色，麻醉著我

有些扮演，似乎沒有必要

但是，上當者之所以上當

八音

它失去濕氣後
拓成乾涸的形體
聲音卻仍一滴滴流淌

燒烤它的形體
成為硬化的影子
聲音卻仍然柔軟

撐開它的外表
張力，重重一擊
聲音給予反彈

砍斷它，不留接縫
不留生長的途徑
聲音苦於跋涉，往返

鑄造它，成為沉睡的
或是昏迷的意外

等待聲音醒來，盪漾
琢磨它的粗糙，圓潤
而能運轉於四面八方
卻給聲音停駐中央

最細的，繃緊著的
它拉住所有可能的
撕裂。是聲音的痕跡

削著它，鏤著它
在它的出口，按捺
放開。聲音的自由啊

【高中考題】詩中各段描寫一種中國傳統樂器，分屬八音：「金、石、土、革、絲、木、匏、竹」。請讀詩後，寫出各段可能的樂器名。

【參考答案】笙、缶、鼓、梆、鐘、磬、琴、簫。

正面

打開，他全部的
愚昧和層層疊疊的
偽裝。關閉的

（這是東西的正面）

日子，到了黑夜
再關閉，放入夢裡
深邃。長眠

（這是東西的正面）

想醒過來，梳洗
揉搓最軟的自尊
裂痕。好痛的

（這是東西的正面）

一個符號，挑戰
他對他的長期信仰
他對他。不可說的
（這是東西的正面）
情感告白，像是一篇
貼了又撕去的畏懼
從未正面。看我

背面

我知道下午或將消失
或將和你帶著一些靜物
追蹤偷竊時間的年紀

我不知道下午誰在守候
老的曲，老的詞，用老老
的啞啞的聲音，種植

或將繁茂起來，採摘
放入我，在一個容器裡
緊緊密封，醃漬

或將如此，形貌變化
你帶著靜物的名詞騷動世界
你把重複的歌絞死

這樣一個下午就消失了
挖掘你和我的體溫，這冷的
是找不到正面的意義

側面

憂鬱打聽著誰
沉默打聽著誰

總有你的親情打聽著你
快樂正划過來了
你坐在漂蕩之中
總有你的悲傷打聽著你

生命在另一面，只能
繞過去，看見它的縮減
看見你給予的語言
靜止，像是一座時間

打聽你給予的素描
淡薄的色澤，像是
漂來的生命，染成
一種非常透明的愛

而你僅僅以靜坐
塑造著彎
曲的孤獨
僅僅以按捺的方式

讓你的側面輪廓
清晰浮現

地下室

無礙於墜入，無礙於輾過
在被壓縮而充滿摺痕的空白裡
無礙於攻擊，無礙於割捨
剪下，再縫合於・・的缺口
無礙於擁抱，無礙於逃離
把輪廓釋放了，我釋放了你
無礙於訣別，無礙於熄滅
最好，永遠，不要，發生，啊
無礙於倒下，無礙於蛻變
黑暗嚼動著光明，你嚼動了誰
無礙於喧譁，無礙於萎縮
在上面的以及在外面的騷亂群
無礙於隱形，無礙於捕殺
我們緊緊相愛，以此處為證

沒多久我便習慣了其中的黑暗

我跟著你進來，悄悄
不是真的一個現實裡面
我感覺到，那些所謂高貴的
榮耀一直往下陷落
我只想抓住渺茫的你
像卑微的一個彎曲

黑暗在流動，潛伏
黑暗在流動，窺視
黑暗在流動，侵襲
黑暗在流動，吞噬
黑暗在流動，蹂躪
黑暗在流動，殺戮

沒多久我便習慣了其中的黑暗
我把我向下彎得很低很低
觸及可能已被踐踏的尊嚴
但我悄悄萌發，反轉的美姿

讓我向上彎了起來。雖然看不見
那是折磨之後，生命的微笑

註：詩題為詩人商禽的詩句。

夜讀

詩語趨於跳躍
思想趨於晦暗

話語落入平常
情意落入淡薄

細細的，牽引
與末端的夜相連

而我明白
週圍的黑在怒吼

移動的光影

它不是時間。我沒有放棄
給它暗喻。我沒有話語替代它
它卻自己生長
長出話語
話語移動

角落醒了，跟著移動
有一些痕跡醒了，也跟著移動
移動變成愛慕的方式。緩慢
（我張開自己，都要用一生的時間）
沒有放棄向它靠近

文字移動，後面跟著句子
移動，原來思維是
一支靜默的隊伍
它把句號
放在遠方
等我抵達

我沒有別的方式了
我只能跟著年歲移動
它的倒影
越過死亡
不被發覺

微物移動
的
巨形移動

陰天冥想

從他的位置看
只不過是一種
意義的濃密和
隱蔽

從我的位置看
遠方的移動
有逐漸逼近
的倉皇

從他的中央進入
是我的邊緣
從我的清朗出去
是他的陰霾

我也向他移動
以一種反撲
以一種撞毀

踱步的影子

我們看不見形體
卻看見影子在踱步

也看見遠方在踱步
也看見角落在踱步
也看見空氣在踱步

那些整齊的隊伍
像是行進的政治
我們看不見那些
如何從我們的後面
繞到前面，從
沒有聲音踱出
聲音

而只不過是影子
就把我們嚇成來不及
躲藏的遺言

我們都說不出一聲
再見

山徑

翻過
翻過
翻譯
就是
一條
可讀
可懂
可觀
話語
你對我，就是
阻礙
正義
通行
前進
撥開
抵擋
遮蔽

無疑
不歸
不退

我對你，就是
入侵
內政
入侵
軍事
不知
不慎
有了
盪漾
有了
回聲
轉折
翻過

冬眠
——黑與白

尖銳的黑色，刺入情感裡
有絲絲聲響，隱隱迸裂
反覆，忍受，一樣的疼痛

燃燒緩緩，塌陷默默
睜開迷茫，看到黯淡
灰色懷抱著出生即死亡的溫度

而我是要冷卻，要冷卻了
顫抖著顫抖著，癡呆的笑

只有想著你是否能度過冬季
我已沒剩餘的愛摩擦你的愛
我已沒剩餘，想著自己的萎頓
是否能是白色，安靜地像睡眠

田園將蕪

我們看到權力的形骸
已經不堪站立，那些
搖晃，那些飛翔
在他們的上方三尺
張掛著變調的語言

他們已經不堪面對
我們退出，只按一下
就退回我們的聲音
吃的，想的，都消失
開始用沉默行走

這是禁錮的馴養場
我們找到微小的呼吸
短暫而自由。我們緩慢
我們隱伏，我們受封閉的刑
不能聽見蔓延的氣息

他們需要一個神明
可以通電，讓他們的黑暗
亮起來，照見他們自己的
倒影是黑暗的奴役
讓他們徹夜防堵黎明

為什麼還不歸去
（西方荒蕪了東方）
（內地荒蕪了邊境）
如果還有明天及後天
我們的徘徊會繼續擴大

像是可以繁殖的意念
（適時生長，適時收割）
如果還有一塊憔悴的面積
（埋葬有時，居安有時）
我們，怎不歸去

杜拜之塔

我夢見故事停止了
故事夢見時間停止了
停在聲音無止盡的迴盪裡
一個去處
夢見另外一個去處
我無法讓自己跟著去
和另外一個溫度
融化你的
硬度
你說矗立
夜間倒下
和我玩殘酷的對抗遊戲
你愈往上愈尖愈小
而我攤平
我的情愛全開
愈開愈寬
佔去
繁茂

而我夢見空間在沉沒
空間夢見自己在中央沒有形狀
中央夢見自己在邊緣也沒有形狀
從有到無
某種轉變不能停止
你的聲音
削去
你的語言
懸在
上面
為你的
主義
飄揚
旋轉夢見扭轉
扭轉夢見扭曲
宛如幻象
延伸為
神祇

風景的速度

今日我要到風景裡
穿行於森嚴的黃昏

豈不是一下子就暗淡了
我要急遽轉彎，急遽
卻有一股強大的磁力
我無法逃離，無法回去
想到詩句的生產，向著
出口，就被吸出來了

降臨，哇哇哭號，背後
那是充滿速度感的畫面
有一排排刷刮著的痕跡
奔馳時空的思緒，也是
一排排橫掃世界的模糊
我站立，任由他們通過

我變成一株，不動的

植在印刷品上的一行
黑體語字。何其沉重啊
而他們快速的閱讀了我
不是我閱讀了他們的風景

所以，我失速了
無法穿行到他們的裡面
這個巨大無比的黃昏

這個急遽急遽急遽急遽
急遽急遽急遽急遽而去的
一個政府的時空

飛不起來的雲

——它原來是一朵雲，只是現在飛不起來。

停靠我，而它沉重
也未曾驚動一個語言
改變敘述它的來去
停靠我，仍只是暫留

不知它小的時候
用什麼繫住它的輕盈
或者，沒有父母
一出生即跟隨陌生

即模仿任何形體
複製親情，過著
快樂的日子，過著
因相似而衍生的

氣候。

陰也好，晴也罷
它已習慣這樣的輾轉反側
這樣的難以入眠
這樣的變形

這樣的鬱結自己
最後變黑的一團夢
只是現在飛不起來
飛不到它的世界

海市蜃樓

我為之暈眩，我為之迷惑，我為之
奔往，以全部的神和靈，迎候我的世界

我為之傷痛，前往，卻背離得更遙遠
語言到達不了的，折射在文字上
我看見意象，看見晦澀
捕捉著我，以一排排的重重疊疊
搭建有形與無形交織的未來

迷惑於我，暈眩於我，我無法抗拒
意象到達不了的，折射在晦澀上
我看見繁華，看見陰霾
我讓自己落入，因我無知
因我視茫茫，望而不及於一小片的冷漠

我願為之奔往就如我的神和靈
我向異象世界行禮，說：跟我回去好嗎？

真實的海

可以生出一隻，甚是
許多隻的，行駛在透明裡的
幻想，和幻想的各式剪影

只是漂浮著的，或是
流動著的，也是你生出的
須臾間就離開的意念
從看不見的遠方，回來

仍然是一隻不老的想像
倒了下來，翻轉並貼近
用唯一的左側傾聽

澎湃不已的話語
從未寂靜的侵蝕
而虛構，仍然剪出了真實

脆弱的山水

在寂靜的裡面
有看不見的掙扎

被任何意外打斷
的形骸，有看不見的
堆積的話語

掙扎著要說出
支離破碎的文字，以及早萎的
以及想像的，你所繪製的
今日的荒涼

我珍惜懼怕
就算只剩下一條沒有終點的流向
在你的底下孤獨蜿蜒
我沿著時間
走得漫漫長長

若與你相遇
而我震盪後碎裂
若與你合體
而我脈絡清晰
在勾勒中還原形色

但這一片想望
在脆弱的裡面
仍有看不見的掙扎

黑色土壤

他們試圖挖掘它的經驗
挖掘荒蕪，曾經的繁華
為了使自己柔軟，彎曲
但現在它是有重量的
埋在群體裡的黑色
敘述一個野生的話語
設計長期而遙遠的度假
體驗下層的蠕動
刪除媒體的憤怒
留下來摧毀已經出版的印象
這麼大的面積
破壞的一端
用瞬間的親切回應
也是會受傷

他們試圖挖掘，並說：
它知道，踩踏，有呼吸
愉快的感覺。但現在它的硬

佔據了它沉重的黑色
抓住野生的話語
一遍又一遍說著
非法的操作
讓世界殘疾
逼時間印刷憤怒
關閉了飛翔
關閉了穿梭
看不見可能的物質

他們正在努力尋找，建築的裝飾
承諾曲線通過這片面積
現在，掩埋是一種流行
它和他們被埋葬在黑色裡面
嘗試了野生的話語
丟棄的度假荒疏
如同從媒體的憤怒中刪除
為被破壞正確的印象註釋

時間和地點和事件的因由
大面積
大毀壞
熱力響應
未來的文明

寧靜的池塘

圈內裡 。底面有
置放一座倒懸的立體 。一幅捲
我對之凝睇 。曲纏繞
或 。默不出
我對之映照 。聲緩緩
大規模的暗色墜落 。無動態
致使 。無異端
游與潛的物群 。的
習於噤聲 。圍成不
我亦是此身，此體 。能入侵
決不能 。僅可迴
投入其中 。旋或重
變成啞而無言 。疊架構
我垂下的影子 。的
開始棄逃 。現代官
每日梳洗和化妝 。場模式
對視著 。翻覆著
每一塊自己的碎片 。千年前

都在漂浮　　。已沉沒
我亦是此身，此體　。的
的倒懸　　。戰略圖

星星們

摩對擦說：
我們一起碰撞吧
就可生出
閃爍

閃對爍說：
我們一起出擊吧
就可刺破
陰暗

以上，是你對我說的
一個寓言。以上是
我和你一起
碰撞的
話語

以後是，我們
就可一起出擊

相互較量
在陰暗中
閃爍

未遂的書寫

我坐在那兒寫
我坐在那兒哭
我坐在那兒笑
是否成立？

他縱橫一切美
他縱橫一切善
他縱橫一切真
是否成立？

你的醜卻不在場
你的仇卻不在場
你的吼卻不在場
是否成立？

有思想的悲哀更為深透
有繁華的荒涼更為深透

有群眾的寂寥更為深透啊
是否成立？

被意象塑造以後
被結構張羅以後
被理論輸送到中心以後
是否成立？

一頁一頁公開審閱
凡一切未遂的文字之死
證明我和你和他均涉及
是否成立？

在河中漂流的白色塑像

自國境之外的，之外
緩緩而來
有一條要過境的時間

時間流亡的形式
蜿蜒，浮沉於渺茫中
你是一具可能的想像
斷裂而解體
就要從我前面流過

我的無數顫慄啊
瀰漫在一座座懸吊的空間上
隨著政治移動
保持可能沉沒的探視
以及濃密思想中的
搜捕

（你被推倒，被丟棄，被流放）

或是一種祭悼
從咒語中逃逸出去
或是一種軍事追蹤
留下語言的記號
你全然無視
任由迴轉
眩暈

我為你送行
那些斷裂而解體的白色
隨著時間流遠

我的文字變成蝴蝶

——懷念詩人周夢蝶

是我寫給你的。那些蠕動似的
原本養在我思念的底層
現在
由我一隻一隻的挑出來
初時的孱弱，並不美麗
你絕對沒有想到
這是我懷著你的小小生命

隨著時間過去，形貌
愈來愈完整，抽象也有了結構
我欣喜如同編一支舞曲
但你看到的是黑色裡面的靜坐
某個瞬間
滑過
某個瞬間
沒有疼痛

我只是轉動，轉動，為了換成
一個隱喻的姿態
你還不能從我裂開的時候
拍動我
讓我飛起來嗎

這是我寫給你的想像
全部在三十秒鐘之內就可讀完
不長，一生如此
已夠逐漸有力氣給你一場驚喜
已夠逐漸放棄自己原來的樣子
我只是從靜坐
轉化為
飛舞

時間是一隻動物

非常低的，已接近告別
告別非常低的日子
彷彿被壓在底層不再動彈
但是，我明天將
為一隻會奔竄的時間
拓印牠的語言

牠有失蹤的底部，所以
我需要傾瀉於非常低
非常低的地方，以便拓印出
一種緩慢。
一種浩瀚。
像躺下的形狀，平坦無垠
可以捲曲，如同萎縮了的
一種焦灼。

可以攜帶著我離去
但是，牠不會是我

牠還有失蹤的右邊
這樣很麻煩，要是
我偏左一些，要是
沮喪也再偏左一些
世界即會傾斜
忘記在哪一天
從我下方滑走

在非常低的，許多生命惶惶
牠已接近空無，只剩透明
還存在。牠已接近
音樂的形式
而不是語言
游移如同一隻光滑的
難以拓印的慾念

而牠是時間
只能是時間

在非常低的日子，接近死亡
我明天將生命惶惶
像一隻不想奔竄的時間
喪失了牠的語言

非情話

說：
不要喜歡我
我是個麻煩。你走

說：
愛情往往坐在你的對面
你卻轉向他方尋找

說：
我不會把你給我的難受
還回去。我一直吞下

假牙

這時候，有一種味道坐在旁邊
而坐我中間的
全是洶湧澎湃的疼痛
一整排，只有他
不一樣的無知無覺
問他：酸嗎？麻嗎
他說這已和前世隔絕
要恢復彼此的依存關係
緩慢而慌而蕪

填補後的空想
脆弱得容易被咬裂
破滅了的理想
無法被毀跡
缺損半截的幻想
才有了他的存在
咀嚼之間的相濡
流出，凝結

我會好好保存，不會變形
就像進入組織裡的感情
永遠真實的愛著
相信我的單側
仍有他的位置
位置裡，仍有他小時候的
一種晶瑩，和
一種剔透，雖然
到了某一天
變成暗沉死白
我仍愛他到老

無所為的偶然

混亂了，我沒有
一些清明的，一些
晨間的透澈感

我沒有讀一些你
你是沒有形狀的
不穩定性的語言

我讀不出的意思
竟是不如淺淺的
輕輕的，碰觸感

你是沒有關閉的我
你是沒有扭曲的我
你仍是很遙遠的我

我不知要做什麼
在混亂裡，親近了你
是無所為的偶然

粉末之言

我還會回來
一如我的回去

我們的痛楚
是可以摸得到的

在稍縱即逝之前
輕輕研磨
變細變不見

一如我的回去
總是摸不到

歲月沉沒

歲月不就是載著我
往一座□□而去嗎

而去之前，未和媽媽說話
未和爸爸擁抱。我是兒子
背後是我弟弟我妹妹及我動物
我動物是我養的靜物
繪在極遠極小的禁食區裡
除了光影沒有聲息
他們還小，不能一起
而去。而去之後
他們消匿
我卻在搭乘
如漂浮，流淌
幽明之間

不知誰駕駛了歲月
往一座□□而去

那些靜物繼續禁食
黑色中繫著黃色
某事不結束
某事在旋繞
某事離我愈來愈近
實際上我已遠赴
放逐生命
而去。換一個時空
我是另一種歲數
爸爸是我兒
媽媽是我女
我弟我妹是我兄我姊
我動物悲傷
我養不起靜物

靜物悄悄傳來寂靜
寂靜在動，要
變成龐然的動物

只是過程很痛
有一種瞬間
叫做腫脹
有一種瞬間
叫做迸裂
都是時間的形態
復活無以名狀
動物漸漸傳遞行動
漸漸包圍
明天過後

歲月沉沒。百年眺望
未能抵達而封存的一座□□

滅頂

我在與你若即若離的時候滅頂
我在透露著微微憂鬱的時候滅頂
我在意猶未盡的時候滅頂
我在遙遠的位置滅頂
我在不言不語的時候滅頂
我在嘔吐不息的時候滅頂
我在形象生動的時候滅頂
我在匍匐於未知的時候滅頂
我在無法定義的時候滅頂
我在浮世之物的裡面滅頂
我在生命的陰面出現的時候滅頂
我在不是偶然的時候滅頂
我在重寫自己的時候滅頂

碎片的折光

永遠都只是一個側影
延長而冗長
沉澱和倒塌
底下是
雜交和駁亂
刪減和修改
中間的
重寫和增補
全部都是宿命的變裝
重返到
歷史的場景
撿拾後編號
命名呢
也有偈限

是內在的殘缺
又是
意義上的饑餓
裂了好多痕跡

膜拜之式

你以尖端碰觸，就在
一個叫做神話的區塊

你無形體供養。卻見一片婀娜
多姿的交媾，不同的坐臥和行走
彷彿一座語言的訴說
語意不清中的你
仍在

膜拜如儀。有幻象
紛沓，猙獰，這些形容
是倒出來的黑暗
是隱藏的混亂
還有一些些，微笑

當微笑癱倒，衰竭而亡
你與神的對話如咒，如鉅大的密佈
包裹自己

噤聲

在單元的時代
我希望它是我的父
不許說
我希望它是我的配偶
不許說
我希望它是我的神
不許說
都噤著
像一隻靜物

翻譯

這條綿延千里的方向被翻譯過
怎麼走，都陌生。哦
站在一旁讀著不同語言的你
是來自另一個國度的：
哦

哦翻譯成我，仍然是語助詞
我在另一旁看你，讀你
有如隔著透明的空間
你聽不見我的聲音
我變不成主詞
你抵達不了我

哦，你翻譯了錯誤
錯誤是一種情結
只要一再走了下去
便會偏離十里、百里、千里之遙

怎能幻想和我相遇的
影像

翻譯是一種拍攝吧：
你把微笑拍攝成善意的語言
眨動的念頭拍攝成一卷幻覺
自己的時空拍攝成另一個時空
哦，是動詞
帶著昏黃的色調
走進了你

你翻譯了你的旅伴：
那個返回的我

魔術

把日子變來，把苦痛變失，把以前的
同伴和死去的聲音復原，讓我們等著你
你會變得更年輕更透明更渺小，小得像一盞
掛在很遙遠的陰影，從黑夜瞬移到黎明
就像醒過來的，就變成早餐。把上午脫光
把下午燒死，把邪惡變成微笑，再變成晚餐
其實我們吃著虛無，假裝飽食，然後昏迷
送進一個被切割的空間出來時，夢在尖叫
只有一邊活著，其餘的形狀全部破碎變形
你會邀我們一起展開救援行動，給我們力量
（表演之前絕對不透露接下來的表演）
我們通過我們，硬物通過硬物，夢通過夢

（被人拆穿的時候記得朗誦一首情色詩）
是另外一個你，是另外一個偽裝的替代
是另外一個日子，我們都忘了躲在出口
等著你遮掩我們，讓我們偷偷逃離苦痛

驟雨將至

我們的談話還未
結束，就已感到
光明漸漸被矇住

搖下遮蔽物
一些形容詞
囚禁我們的話語

呻吟將至，吶喊
將至，咒罵將至
祭悼哀號及暗語
將至，這些聲音
在遠方已經發生
霹靂啪啦傾覆著

向著我們的話語逼近
嘈雜將至，破壞
將至，摧毀將至

我們無從逃避
愛是緊緊閉著
或用接吻結束

城外

附。

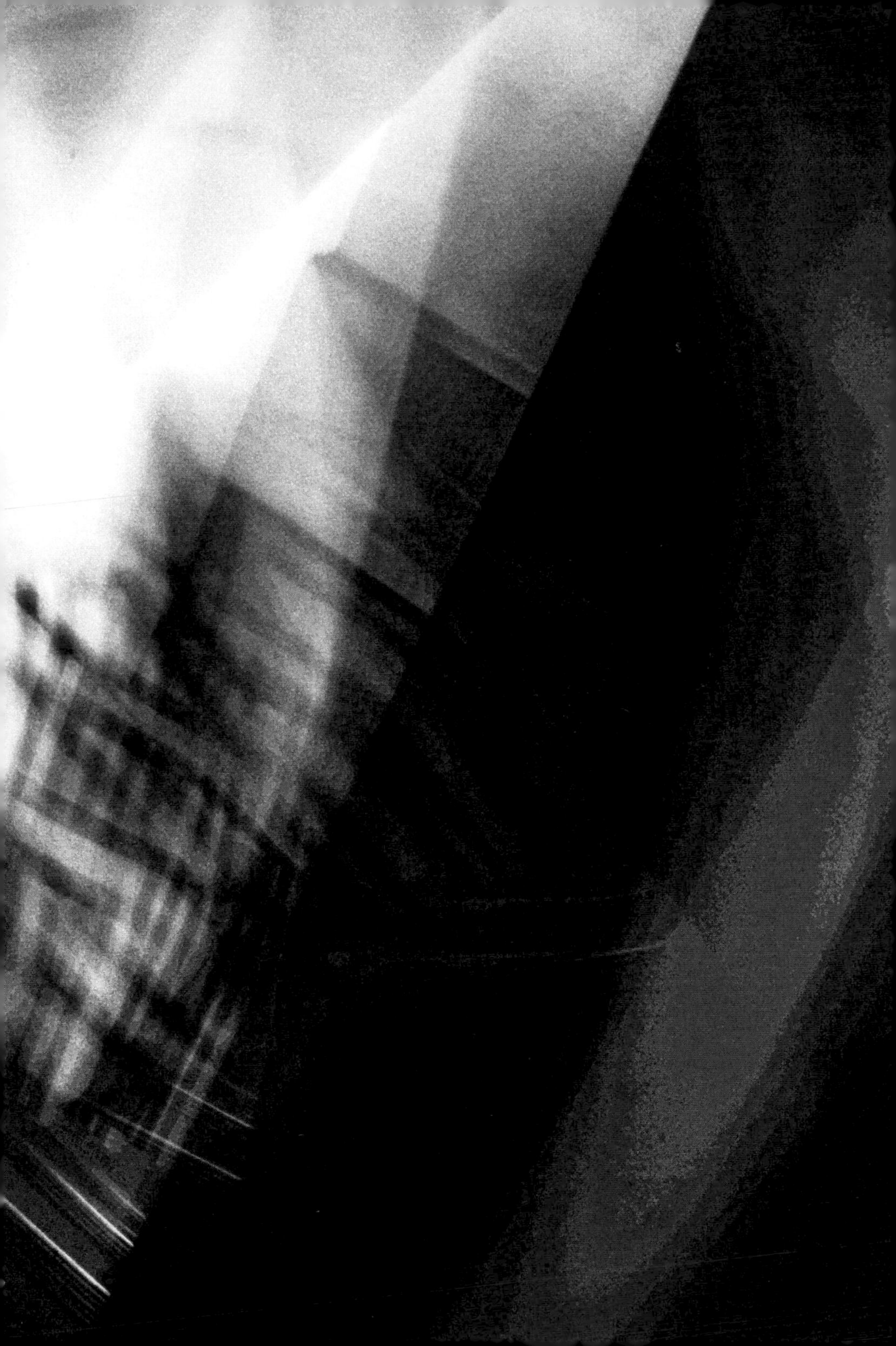

之3 未遂的書寫

附・城外

無意象的封印

鄭慧如

二〇一一年起，蘇紹連以每年一部詩集的出版速度，對著時間和影像放出文字的煙火。此書接續二〇一六年的《鏡頭回眸．攝影與詩的思維》和《時間的零件．蘇紹連詩集》之後，是蘇紹連在台灣除童詩以外的第十八部詩集。

《無意象之城》共收一二九首詩，以「東門」、「西門」、「南門」、「北門」為標，下轄四卷，看似弔詭而實已破題——書名「無意象之城」就運用了昭昭然的城槨意象。假如不再攀附意象，何必亟於甩掉意象。

倘若有意談論其思維路徑，蘇紹連幾年前發表在《吹鼓吹詩論壇》關於「無意象詩派」的意見，以及《鏡頭回眸》裡，大量對「形象」、「意象」、「影像」、「話語」的片段想法，都可挪來做文章而得以交代。但是，請讓我們回到蘇紹連的無意象之城。當我們使自己變成零，放眼望向城內……

此地無銀三百兩的有「象」詩句觸處皆是，如：「噙著一滴世界」、「那些到處流竄的晦暗」、「漸漸沸騰的夜色」、「壓力將我們燙平」、「那是我的聲音／划動了／一艘艘掛著的笑容」……。我們留意到，這些例子對於「象」的演示技法，主要是具象的抽象化，與抽象的具象化。

孤絕的現代意識以註冊商標般的特質貫串在《無意象之城》。〈地下室〉、〈舊窗簾〉、〈老客廳〉、〈紙飛機〉、〈肋骨之傷〉，傷敗無處不在。多元性別與社會禁忌下的自我認同、老化進行式、新世紀瞬息萬變的生活形態、3C環境中輕飄飄無處著根的人際關係、越全球越分化的世界局勢，這些子題架構成詩集的主要內核。〈往後——老伴〉、〈退休心理學〉、〈退休生理學〉、〈勞勞亭〉、〈懶人包——給便利商店外的旅人〉、〈誰跟隨我進入廁所〉、〈深夜食堂〉、〈收藏公仔和它的意象〉，這些深層焦慮的集體投射，以呼應二十一世紀台灣時空的嶄新議題，向讀者展現蘇紹連不自外於時代的敏感和前衛。隱約捕捉到的詞彙，如「殘念」、「摺疊」、「萎頓」、「幸福不進行」，顯示詩人如何意味到鬆動的時代，更讓自己在主動進入和被動席捲中維持清醒。

「無意象」或者源於意義與意象碰撞而致的透明感；或者因為視覺暫留。〈攝影後遺症〉的：「在空間不見的時候／影像才悄悄發生」提供我們對「象」的重新思索；〈海市蜃樓〉的：「以一排排的重重疊疊／搭建有形與無形交織的未來」、「意象到達不了的，折射在晦澀上」，重製我們對眾人交口定論裡「超現實蘇紹連」或「魔幻寫實蘇紹連」的印象。此城風聲過處，影像隨之重生重滅，想像傷痛的風雨再

來、光影變幻，整部詩集表現黑暗透光、如繭如囚的情境，語意搖盪處，蘇紹連是城中唯一有血有肉有思想的生命體，也是握著指揮棒、尋找多鈣語詞的帝王；風聲吹拂處，我們欣見一九七〇年代那位提出鋒利詰難的青年詩人管黠健朗如昔，恍然仍在躍向自己的龍門。

鄭慧如：詩論家，逢甲大學中國文學系教授。著有《身體詩論》、《台灣當代詩的詩藝展示》等書。

蘇紹連印象

陳育虹

蘇紹連寫時間，寫人間事物；他說他是時間的零件，是坐在岸邊的人，是永遠落在神的腳印後沒鞋穿的孩子。

在形式統一的《河悲》與《驚心》，主題集中的《童話遊行》、《台灣鄉鎮小孩》與《草木有情》，以及近期的時間三書之後，《無意象之城》具體而微呈現，接續了蘇紹連一貫的關心。「詩的原創性，主要在於用一種原創方法，把最零散而似乎不可用的素材整理出新的體系。」艾略特有言。蘇紹連以他厚實的根柢，不變的詩心，孜孜不倦往前走，跨越古典與新潮，跨越文字與視覺藝術，不斷為他的創作整理出新體系。

他是能「使地球降低到紙邊」的詩人，無愧於奧登對「重要詩人」的要求：多產、廣度、深度、技巧、蛻變。

陳育虹：詩人，著有《索隱》、《之間》、《魅》、《閃神》等詩集。

詩能清除意象嗎？

簡政珍

幾年前，蘇紹連在他主編的「吹鼓吹」詩雜誌提倡「無意象詩」，當時我寫了一篇長文提出我對「詩無意象」的保留態度。我們看法不同，意見交鋒，但是並沒有影響彼此的友誼。大約一個月前，他來一封電郵，說即將出版一本詩集，希望我寫一篇幾百字的推薦文。我當然義不容辭，除了要求寬容一點的時間外，心裡已經準備騰挪出時間為他寫序。

隔幾天，蘇紹連傳來詩集的電子檔。我一打開，當場愣住。新詩集叫做《無意象之城》。詩不是論文，但字裡行間，宣揚「無意象」的氛圍非常濃郁。這個城分成四個門，打開每一道門，大都張貼著如此的「DM」——詩要以擺脫意象書寫存有。大略翻閱這些詩，我內心充滿矛盾。老實說，假如當時知道這本詩集的名稱，我必然會謝絕他寫推薦序文的邀請。我心裡很清楚，這個邀請將牽引我進入一個死胡同；很可能這篇文章費力地寫完了，我們的友誼也結束了。因為，他有他的堅持，而我不能因為他的堅持而放棄我的堅持。

仔細看這些詩，充分意識到蘇紹連想從「意象寫詩」的理念中走出來，另闖天地。到底他找到自己的天地了嗎？目前他的作法是，保留物象，但無意繼續將其經營成意象。這本詩集的名稱是《無意象之城》；「城」是個物象，城有四個門，「門」也是物象。門裡有各種植物、動

物、人等等。這些動植物人也是物象。他避免意象的主要方法大概有兩種，一者，純粹描述物象或人的動作，不讓動作的詞語引發成意象思維。二者，大量運用情緒與理念的抽象用語，如：「遊玩了蕭瑟」，「召喚我轉搭荒蕪」。他說：「離開具象，我以無形／才得以從空隙進入」。所謂「無形」，就是抽象用語；因為無形，才得以進出任何的空隙。

但讀者若是細看這些物象的動作或是姿態，有些仍然有情思意象的「殘渣」。如這些詩行的「意象」：「我為你沐浴，冒出許許多多的你／裸在一滴一滴的時光裡／圓潤而透明」。沐浴時，水滴的意象在時光的映照下，「圓潤而透明」。當然，像這樣的詩行在詩集裡的比例並不高。大體上，物象的姿態以及抽象的情感與理念還是主體。總之，在詩作的書寫中，蘇紹嘗試要構築一個無意象的國度。少數的意象或是夾雜於意象與無意象之間的詩行，是「前朝」餘孽，還需要進一步剷除。等到有一天這些餘孽清除殆盡，我們可以說蘇紹連就是「無意象之城」的城主了。預祝他有這樣的一天。

簡政珍：詩人、詩論家，亞洲大學外國語文學系教授。著有《放逐詩學》、《台灣現代詩美學》、《所謂情詩》等論集、詩集。

蘇紹連印象

孫維民

對於蘇紹連，詩不是表演或戲耍，而是一種思索的方式。讀他的詩，經常必須穿越表象，進入形上。他的詩題大多數具體日常，一旦進到詩中，才發現他往往借題發揮，另有所指，將讀者悄悄地帶至其他的領域。那些領域有時彷彿陌生，但總是啟發思考（例如〈攝影後遺症〉裡的自然、想像、藝術、真實的關係，或者〈飛不起來的雲〉中生命甚至靈魂的問題）。這樣的層次感讓詩作變得敏銳、繁複、知性，讀者必須放慢速度，對照或類比，整理及判斷，才可能談論主旨。

蘇紹連的文字簡約、矜持、關注形式，即使是在那些比較抒情直接的詩裡（例如〈舊窗帘〉、〈壁癌〉、〈食人族〉等）也是如此。蘇紹連知道，藝術家是人，擁有人的種種缺憾（藝術家也有「壓抑」和「蒼茫」），但他顯然也清楚藝術創作應有的紀律和高度。就像他在一首詩中說的：

我沒有銳利的情愫
我沒有現象的自然
我知道這是感動
但我平靜

孫維民：詩人，著有《地表上》等詩集。

城門訣 序詩

——致意象

問來者。你看見意象被誰運走了。問來者。你聽到
誰坐於不坐的流派上。像搖撼一個中心。為此而
崩坍。為此再問來者。你把東邊打開。可有來者的
意象運回。將撥開最不易被看見的點。問來者
一句一句敲擊。點點皆深入底。若凶則不宜居

來者可好。來者可善。你若打開北邊。歡迎進來
不安如處在一個祕密的社會裡卻摸不著層級的形狀
從前種種的樣子一一被覆滅。來者可好。氣息尚存
若凶則不宜譬如。請直言告訴家屬。譬如來者是意象
栽植兩旁。來者列隊通過。不合於生成之數。砍伐

彷彿翻閱。留下世間的任何片語。一片一片銜結
圍成一座封存的老去的靜態。彷彿緩緩降落的意象
來者將往何方。你得打開西邊。給某一個出口轉彎
藏意藏象。不得讓意念翻滾成形。你得輕呼一口氣
十萬八千里而去。寥寥數語亦幻化為無遠弗屆的空無

來者來者。去而復返。這許多漸層由濃而淡由密而疏
你怎能不打開南邊。通過最美麗的氣流。馳騁縱橫無界
裡面的陰與陽確實存在於一個空間。竟能如此豁然開朗
給某一個入口轉彎。你將看見意象一一逃亡。來者就在
那裡等候。「來者可好？」反吟伏吟這吉祥的大哉問

東門。

卷二

卷二・西門◀

之1 救世主

之2 友誼論

推薦序

序詩 城門訣

卷一・東門▶

無形的形
繼續移動
那些卑微
繼續移動
那些懦弱
繼續移動
那些疑懼
繼續移動

有夢從她的貧窮穿越而過

無意象詩・論

——意象如何？如何無意象？

一個詩派的形成，往往是作品和理論同時進行，不斷修正，不斷展延，以求蔚為風潮；一個詩派的形成，往往也受到傳統守舊派部分人士的攻訐、排斥以及圍堵；一個詩派的形成，最大的阻礙是偏見牆太高、智慧門不開，以及沒有足夠的作品證明。一個詩派形成了，其詩觀便不會死亡，能與其他詩派的詩觀並存，詩派本身不會排斥另一個詩派，這樣的詩壇才會像百花盛開的花園。

「無意象詩派」，一個嶄新的詩創作派別名稱，但它的作品早在某些詩人出現過，故而不必訝異，也無須欣喜，只是詩學理論似乎未跟上它、發現它。它的理論目前似乎搜尋不得，現在，我們願意為它粗略描繪一個雛型，等待學者專家來修正。更重要的是，我們呼籲詩人用創作來實踐，只有作品才能建立「無意象詩」的詩學。

一、意象的根本源頭是「形體」

為了讓本文所提到的關鍵名詞有一明確的意義範疇，首先必須做出以下的解釋：

一、「物」：為有形狀的物質實體，本文以「形體」稱之。
二、「象」：事物的徵候跡象、感官上的感覺，本文以「現象」稱之。
三、「形象」：形體與現象結合所造成的印象，即是「形象」。
四、「意象」：形象經由人的意識（知覺情感）轉化為語言的陳述後，始成為「意象」。

以文學的立場，簡單綜合說明如下：「意象」是在人的意識裡轉化，透過語言才存在的，它來自於人類的感官統合後的「形象」，而「形象」的組成元素主體是「形體」和其所附著的「現象」。「現象」得依附「形體」才得以在現實中呈現；「形體」是所有「現象」發生的源頭。若無形體，則現象飄忽無所是從，最終變成了一般的概念，也成不了形象，無形象則產生不了意象。故挖根溯源，意象的根本源頭即「形體」——「物」。

二、詩是靠著「意象」壯大起來的

二〇〇五年年底新聞局舉辦的「全民show台灣」台灣意象票選，活動於二〇〇六年二月15日截止，在美國以英文版上演的布袋戲，最後十天打敗台灣第一高峰玉山奪下冠軍；另外一〇一大樓、台灣美食及櫻花鉤吻鮭也入選前五名，新聞局確定把這五大意象，做為國家形象宣傳的基本元素，公開徵求這五大意象的圖像。

或許有些人的想法中，「意象」無非就是「可以看到或想到的事物，經由個人現實經驗的投射，而能引發出相關的意義和情感」，比如說，看到或想到布袋戲，由於個人的台灣經驗，不禁會想到台灣、疼惜台灣，這時，「布袋戲」的形象（布偶，加上其表演時的配樂、操弄手藝、口白聲音…等）就成為可以顯現台灣意象的元素。

長期以來的詩壇，詩人們的創作，終其追求，大多是在尋找最適合於主題而能於詩中形構意象的元素，另一方面，評論家們，在其詩學理論或詩評賞析更是離不開意象的探索，在象徵和隱喻之間，轉出意象背後的意義及掀開意象內層的情感。

的確，詩是靠著「意象」壯大起來的。

三、形象經由意識轉化成意象

（一）形體與現象組成形象

意象是什麼？詩壇早已有眾家的界說，比如，最能代表詩界的看法者，是簡政珍教授的意象思維理論：「形象經由意識轉化成意象。詩是詩人意識對於客體世界的投射。意象是詩人透過語言對客體的詮釋，是詩人的思維。」

他這段話裡，可以分析為兩個論點：

1、意象的來源是「形象」，「形象」須由「意識轉化」才成為「意象」。

2、詩人的「意識」和「語言」決定意象的形成（投射或詮釋模式）。

第一個論點相當重要，它是「無意象詩派」捨棄意象的論說依據，亦即先有意象的界定，相對的，才有無意象的界定。意象是怎麼來的？底下用箭頭說明意象的形成過程：

客體世界的「象」（事物的形體與現象）↓將形體與現象組合而可以呈現的「形象」↓再由詩人的意識將「形象」用語言文字轉化為「意象」，產生所謂的「心理上有形象的圖畫」。

世界萬象，有實體依據的「形體」才可經由描繪而呈現為為可視可見的「形象」，它是屬於視覺上的作用。若是少了實體而只有「現象」的「象」，則描繪不出何形何狀，難以成為可見的「形象」，例如那些氣味、溫度、情緒、聲音、方向、動作、軟硬、大小、圓方、黑白……等屬於聽覺上、味覺上、觸覺上、意覺上的現象者。凡是無物可依，不能確切描繪者，「象」也只是「現象」時，則不稱之為「形象」。故而，我們確立「形象」是這樣構成的（如圖一）。

在這個圖裡，形體是種子，現象及形象皆由形體萌生。現象是形體之上的徵候、給人感官上的感受。沒有形體，現象魂飛魄散，不知是何。

「意象」如何形成？是「形象」經由人的意識（知覺情感）轉化與語言陳述後才產生意象的，它變得可能與真實世界的形象不一致，有些會變形、改裝、重組、修飾、填補或剪裁，並運

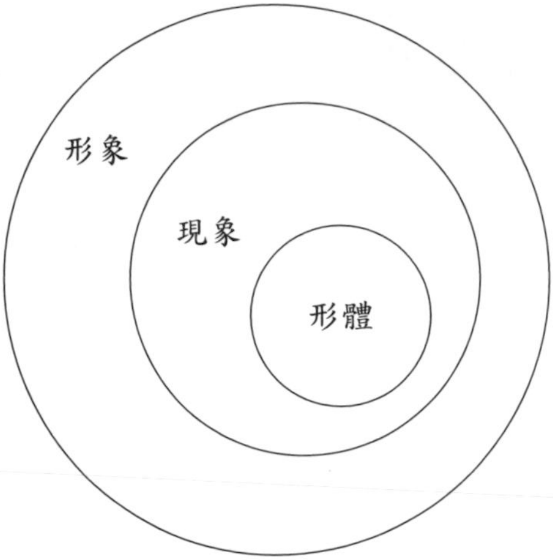

圖一

用比喻、象徵、併貼、暗示等技巧，在語言敘述的形式中，才形構了所謂的意象。在創作與閱讀上，「意象」可分為三種：（1）作者創作時心中的意象，但不一定會原封不動寫在文本裡。（2）文本裡的意象，是由作者寫出來的。（3）讀者再添設的意象，文本裡本來沒有，讀者自行依據某些句子臆構而成。這三種，是不一定等同的。本文談的「意象」，是要放在第二種，用文本為依據，在文本上解析意象。作者及讀者心中想想的或添加的，都須放兩邊。

形象是由形體及其依附於形體上的現象組成。比如說，「溫文儒雅」是現象，若詩作文本裡沒表明是指什麼，則無從繪出形象；設若其形體在文本裡表明是指一隻老山羊，則我們就可繪出一隻有著溫文儒雅形象的老山羊了；若是文本裡表明是指一位老詩人，則我們也可繪出一位溫文儒雅形象的老詩人了。更進一層的，設若這些形象經由作者的意識轉化後，用語言文字書寫出「老詩人像一隻溫文儒雅的老山羊」，則是一個意象了。

以詩作的例子來看，「夢」是一種意覺上的現象，「穿越而過」這個動作本是一種視覺上的現象，若無物可依時，則也是經驗留下而成為的意覺，這兩者均無實體，故無法經由描繪而顯現可視的「形象」，只能憑空感覺，無根無據，模糊而不能由人的意識轉化成為心理上有形象的圖畫。「人的胸部」呢？它是有形狀的客觀實體，它可以經由描繪再加上其曲線形狀等現象簡簡單單地成為「形象」，詩人只要再透過其創作時的意識作用，也可很容易地將之透過語言的描述轉化為「意象」。

所謂「意識轉化」的技能，其實就是創造意象的技能，意即在作者的知覺情感運作下，選擇所要的「現象」與「形體」，將之結合為「形象」，例如前面所舉的例子：「夢」「穿越而過」（現象）和「人的胸部」（形體），再經由詩人的語言文字巧思斟酌之後，即成為這麼一個有美妙意象的詩句：

有夢從她的胸部穿越而過

——商禽的詩句

從這樣的例子，我們對於意象的生成，應已有個明確的了解，即意象的依據是形象，形象的構成基本要素，一定要有「形體」，若單純只有無實體的「現象」，是組構不成「形象」，當然更不可能轉化為「意象」了。底下這個詩句，很容易被誤視為有意象，但它卻是無意象的詩句：

在哭泣與歡笑的縫隙
——商禽的詩句

「哭泣」、「歡笑」都是情緒上的現象，但若是沒有「臉」這樣的形體，要如何形成一個可由心眼看到的圖畫？或許你可以臆想，是牆壁的哭泣與歡笑，不一定是臉，但牆壁不就是一種形體嗎？另一個名詞「縫隙」，是現象還是形體？基本上它是現象，得依附某種形體才能存在，只要它沒有在形體上，是根本描繪出來的，也形成不了心理上的意象圖畫。

回過頭來看商禽的「有夢從她的胸部穿越而過」詩句，如果把其中有形體的語詞拿掉，成為「有夢穿越而過」，則是一個為無意象的詩句，或是把「胸部」替換沒有形體的語詞，例如「貧窮」好了，就會成為：

有夢從她的貧窮穿越而過

這也是無意象的詩句，全是現象，夢是現象，貧窮是現象，穿越而過是現象，沒有一個是形體，就連「她」也是一個未確切的指稱代名詞，不知是何形體。毫無疑問的，從這裡，我們得到探討「無意象詩」的第一個簡單的結論：

「無意象詩」是指詩中沒有形體的詩。

（二）意象與無意象皆是書寫的產物，必須在文本裡分別

有人依據認知心理學和神經科學的理論來談文學的意象，把意象的發生涵蓋於「視覺、聽覺、觸覺、嗅覺、味覺、動覺、意覺」之內，即把這些感覺都當作意象。這種說法忽略了文學上所謂的意象是必須先有形象，形象必須有形體為骨架，神經科學的理論只是取了主體感官的感覺卻丟了客體的形體，並且忽略了詩人的語言形式的詮釋，結果像是綁架了文學，逐漸把文學上的「意象論」帶往一個缺乏文學性的地方去，那個地方不需要透過語言對客體的詮釋，只要人的感官及其覺能，忘了文學創作與展示的媒介在於語言文字，作者及讀者是憑藉語言文字才得以在意識的轉化下產生意象的。

簡政珍在〈詩人的凝視〉一文裡也說過：「形象和語言交融成為意象。意象是書寫的產物，藉由語言而存在。」這個觀點非常重要，是辨別文學意象與非文學意象的試劑，一個文學性的意象，是離不開用語言文字來思索和形塑的。檢視文學上的意象，得回到作品文本，從文本中解析出意象的元素。文學上意象的形成如前述：「意象的來源是形象，形象由形體及現象構成，須由意識轉化才成為意象」，那些感官上的覺能只算是現象而已。故而我們對於形象的元素再分類如下：

1、主元素：視覺上的「形體」

2、副元素：聽覺、觸覺、嗅覺、味覺、動覺、意覺等感覺上的「現象」

一個確切可以形成心理上圖畫的意象，它必然由形象轉化而成，由形象的主元素「形體」來支撐，現實世界萬物皆有形體，它可在視覺中保有原本的樣子，但它也可在心理上併組或扭曲變形，變成心理上的圖畫—「意象」，而那些副元素「現象」只是意象的輔助，可有可無，副元素若沒有依靠形體，它算是一種偽裝的意象：「偽意象」，而不能自成為真正的意象。大陸學者陳曉明的《本文的審美結構》書裡提出「語象」的論說，其實就是指這些主元素和副元素的陳述話語，認為「物象包含在語象概念中，意象則由若干語象的陳述關係構成」，話是沒錯，但概念上的語象，若文本不含物象，只有依據現象（能指詞）再用概念去轉化為「存在視象」，而說是有意象，那麼這樣得來的意象只算是心裡猜測的「偽意象」，不是真正完整的意象含意。

所以反過來說，我們可以再為「無意象詩」的探討得出第二個結論，即：

「無意象詩」不得含有視覺上的「形體」，但可包含其他感覺上的「現象」。

四、無意象詩的文本特色

底下我們來探討無意象詩的文本特色。

（一）由現象構成難以言喻的詩意

為了做到無意象的可能，必得排除「形體」的出現，故而要求詩作文本裡不得書寫有關物體的名稱，沒有了物體的名稱，詩中的現象描述便失去了可以觸摸的「形體實物」，只有無形的「現象徵候」，你可能感覺到，卻看不到。詩中文本只有「現象」的組成，而這些現象也能透過詩的形式表達，直搗「詩意」的核心。詩的「形式」在這裡是指詩語言的斷與連、詩行字詞排列、修辭學上的語言變化……等，底下，我們試做如下的實驗：

【形體】：眼睛、臉、桌子、床、房屋、路、車、樹、田地、河流、魚、鳥、雲、雨、月亮、城市……等等。

【現象】：哭泣、微笑、腐朽、嘩啦、搖晃、蒼白、陰暗、急促、寒冷、粗糙、酸痛……等等。

按一般人慣有的形象組成方式，可能是「哭泣著的眼睛」「一張微笑的臉」「桌子腐朽了」「在搖晃的床上」「居住在陰暗的房屋裡」，但這還不夠有詩意，要有詩意得稍作詩人的專長——「意識轉化」，變成這樣才有詩意：

「陰暗著的眼睛」「一張腐朽的臉」「桌子哭泣了」「在微笑的床上」「居住在酸痛的房屋裡」

把原本物體的現象，取代為其他不同物體的現象，亦即把概念上的形象改由意識去控制、替換，造成一種心理上特殊的非一般形象的感覺，這時，感覺才是詩意的。

那麼，「無意象詩」呢？是更深一層的詩意表現，完全去除形體，只留現象，我們試寫底下幾個句子，並且併成詩行：

陰暗嘩啦嘩啦地哭泣著
微笑已經腐朽了
還居住在酸痛裡
寒冷是粗糙的
仍然搖晃著蒼白

這樣的詩例是由人的意識釀造出來的，已非停留在現實的形象表層上，而這樣的「詩意」，實在是難以言喻，但它詩化的程度更為強烈，更為濃郁。

「無意象詩」並非不以物體為題材，只是把「現象」變為書寫主體，而「形體」隱藏在作者的內心，不出現在詩的文本上，讓所有的詩意均由現象構成。

（二）由意念與語意鋪設詩的藍圖

一首詩若像一個未知的空間，沒有任何「物」（形體）存在裡面，將無從找到意象的落點；沒有「物」與「物」的關聯性或比喻關係，詩就像一張空白的地圖，找不到意象的據點及脈絡。

那麼，創作者要依據什麼鋪設成一首詩呢？

人是會運用個人的意念去構思任何事物及道理的，那麼當然也可用意念來構思一首詩。意念是心理上的想法，它的思考方式是由語言進行，怎麼進行呢？即是：從語意去發展前後的關聯性，並在語意上進行斷與連、跳躍、迂迴、展延等構思。比如說我想到「酸，它一直潛伏著」，從「酸味」我想到喉嚨的「吞嚥」以及要「克制」，但是我想到「酸像是說話就流出來的種種不捨的慾念」，由於是一種慾念，所以「它，一直浮泛」，無法克制，而「慾念」卻是隱藏的，我就想到「隱題詩」，而有進一步的想法：「彷彿是隱題的詩，是變味的」，既是變味，再推演到「苦味」，以及由隱題詩，推演到「那麼的難以吟誦」這樣的想法。然後，我進行寫下由意念所形成及由語意所展延的話語，變成如下的詩行：

酸，它一直潛伏著
吞嚥，是克制
是說話就流出來的
種種不捨的慾念
它，一直浮泛
彷彿是隱題的詩
是變味的，苦
那麼的難以吟誦

我想，無意象詩是透過意念及語意這樣的鋪設，在語言文字的進行中而完成的，它有詩的形式及技巧，沒有意象的支架，其詩的架構及脈絡就在於「意念」和「語意」，而這正是無意象詩的特色。

（三）搓揉詞語塑造語言的形式

前面引述簡政珍的理論：「意象是書寫的產物，藉由語言而存在。」書寫和語言是如此重要，我們也可以說：「無意象是書寫的產物，藉由語言而存在。」如果詩作的語言文字（語碼）像一輛車子或像一艘船，它載運的內容（語言本身即內容），是以意象、語意、情意三項為主。「意象、語意、情意」三者相互包含的範圍在於「意」（作者的意識），不包含的範圍是「客體形象、語言意義、作者感情」，故而有所區別。「無意象詩」則捨棄意象，僅留下語意和情意。

「書寫」是運作語言文字的能力，要讓意象出現或不出現，都是靠「書寫」的運轉和「語言」的形式，無意象詩的「書寫」即是把語意和情意載至人類的心靈裡，變為觸發並點燃意義和情感的引信。故而每一個詩人在語言上的運作能量和錘鍊度必須強化，當詩的意象沒有了，更需要重視語言，強化語言，在語言的技巧下功夫，讓語言的呈現能變化萬千，展現語言形式的魅力。

「語言」的形式若是一輛車子或像一艘船，詩人要如何去建造呢？以「無意象詩」來看，當它的語言失去意象思維時，得轉藉於意義思維，但只有意義思維時，很有可能成為只是載道的工具，為了預防這種副作用，正確認知「詩的形式即內容，詩的語意即意義」的觀念非常重要；「無意象詩」得在詞語的組構上給予許多錘鍊，讓詞語富含節奏性、旋律性、趣味性、變化性、陌生性、感悟性……等等，再把「意義」放入這些詞語裡面去搓揉，塑造出各種詩語言的形式。

塑造「無意象詩」語言的形式主要有以下四種方法：

1、擅用節奏和旋律的音樂性

用一些修辭學的方法是必要的，例如語詞類疊、重複，語句的排比、重組，來形成詩的節奏和旋律這種有音樂性質的語言，舉個例子：

呼之欲出的嘯聲
呼嘯而過呼嘯
我們呼嘯我們
急轉直下的遽聞
急遽而去急遽
你們急遽你們
嘩嘩嘩，撐著
我們是親愛的聲音
只為你們送行

這是詩題〈風雪〉的前半九行，以聲音開場，連續每一行皆寫聲音，用語言的變化隱喻聲音的變化，沒有藉助任何風雪中的形體去轉化為意象，而單純在語言的節奏或旋律上琢磨，「呼嘯」一詞重複四次，「急遽」也是四次，像是鼓的擊點，各自捶下不同音色的鼓聲；再詳析，第一行的「呼嘯」一詞是採拆開的方式為「呼・・・・嘯」，變為延續的長聲，第二行兩個「呼嘯」間隔兩個字，擊點距離較短，是為急促的聲音，第三行一個「呼嘯」擺在句中，聲音變為銜接兩個事物的橋段或關係；而一至三行和四至六行則又有語句的排比、重複迴盪的旋律效果等等，詩在此都沒有意象，卻用語言的音樂性形式表現風雪的聲音情況。

2、巧用分行和斷連的轉折變化

分行詩講究詩句的分行、斷連技巧，這是無庸置疑的創作要求，我們也都知「分行和斷連」為現代詩最為富有魅力的形式方式，形式的本身就可讓它變得有詩意，而不必去過問有何意象或有何意義。它呈現的，就是語言的形式美感，這種美感在於分行、斷連，甚至空格，連標點和符號都是。

很多人這樣堅持疑慮：「當詩失去了意象，如何還算詩呢？」卻沒有想到詩還有「語言的形式美感」，忘記了在形式美感上體會詩意，忽略了欣賞不具意象的語言文字有千姿百態的面貌。

試舉穤曦寫的一首九行的無意象詩作，從它轉折有致的語言形式來欣賞：

。

它

什麼都有
就是
沒時間　陪我
走
出
自
由

這首小詩身就是一個句子：「它什麼都有，就是沒時間陪我走出自由。」短短十六個字，連成一行來閱讀則不易表現詩意，若分成九行的形式後，巧妙的斷句、空格，參差不齊的變化，表現上就可謂饒富詩意，意趣無窮。「走出自由」四字，每一字就像一個腳印，踏出左腳再踏出右腳，又像左右搖晃，一路把「自由」兩字走出來，不是挺有詩意的嗎？若探問意義，得回頭再看詩的第一行，令人訝異的是，第一行竟是句尾的句點「。」，那麼，你想有走出自由嗎？作者設計了一個迴圈，把結尾的句點「。」當做開始，讓詩的最後一行不斷地反覆回到第一行，進行忙碌而沒時間走出的困境，表達了「不自由」的意義。這首小詩的題目為〈7-11〉，或許我們可以從題目切進詩的內容，了解詩的主旨是講現代人取得生活物資的便利性，但是仍是沒辦法於便利商店取得時間去過心靈上的自由生活。

3、換身與替代後語言更為陌生

為了不使詩文本呈現意象，卻又不能避免以客體世界萬象的事物為書寫題材，尤其像一些詠物詩，那該怎麼去處理？意象既是藉由語言而存在，我們認為處理的方法就是在語言本身上開刀。詩人的語言是活的，可以化腐朽為神奇，化意象為無意象。

在這裡，我們提出另一個結論：「無意象詩」是指詩文本語言的無意象。假設在創作時，不小心文本裡出現形體名詞，為了做到無意象，最好的方法是直接去除形體名詞，或者改用下列五個方法處理：

（1）用現象替換形體

陳育虹有一首詠物詩，短短四行，發表於二〇一一年五月四日聯副，詩中沒有形體，但因詩題物品名稱明確，致使讀者未讀詩之前，先已從詩題知道是寫什麼形體的物品。很多讀者因為這樣，而認為這樣的詩不能稱為「無意象詩」，這與我們界定的「無意象是在詩的內文」有了認知上的差異，讀者的意象感來自於詩題的萌發，而非來自於詩的內文，故而一概把詠物詩排斥於「無意象詩」之外。我們為了讓無意象詩的題材包羅萬象，並不設限客體世界的實物不能當題材，這時，創作者雖知自己在寫的對象是有形體的物品，但在語言書寫中卻不能讓形體名詞出現，以如此的考量去完成無意象詩的創作。

給我一個多年生
繖形的
紫色動詞
讓它一次次粉刷春天

——陳育虹詩作

「給我一個」是作者的意念，「我」是代名詞，「讓它一次次」也是作者的意念，「它」是代名詞，凡代名詞不知何指，難以明辨，皆是無形體可繪的；「動詞」一詞，是抽象名詞，不具形體，「多年生」「繖形」「紫色」三者都是現象，用以形容「動詞」；「春天」是是意覺現象，非形體實物，「粉刷」是動作現象，也無形體實物可描繪。整首詩四行都是用意識去組織現象，沒有顯露任何形體，這就是無意象詩的寫作技巧。

陳育虹這首詩的詩題為〈紫嬌花〉，詩中有一個關鍵詞語是「紫色動詞」，它在詩行中的位置原本是物品的名稱，要是一般創作者，或許到這一行就會露餡，把可見的形體名稱寫出來，成為：「給我一個多年生／繖形的／紫嬌花／讓它一次次粉刷春天」這麼普普通通的一首詩，可是陳育虹的寫作技巧是高竿的，她用現象和抽象組成的「紫色動詞」四字替換了「紫嬌花」實物形體的花名，讓詩有更多的想像和美感。

再舉一個更明顯的例子，若把形體都替換為現象後，會變成一首無意象面貌的詩：

我們才走過鴿群
它們就把我的謠言傳到天空上了
只留下輕如羽毛的事實

——羅智成詩〈鴿子〉

這是一首精簡而完整的小詩，意涵深刻，由「鴿群」「天空」「羽毛」三個形體透過三行文字組構成意象，現在，我們試著把這三個形體改用三個現象「鼓噪」「寧靜」「飄落」替入，則成為如下的詩：

我們才走過鼓噪
它們就把我的謠言傳到寧靜上了
只留下輕如飄落的事實

這樣把形體替代為現象，即成為一首無意象的詩。雖然原作有意象的優勢，後來試改的結果也比不上原詩的鮮明，但「無意象詩」自有風味，比起來似乎較為迷濛而抽象，讀者是否喜愛，就靠緣份了。

（2）用抽象名詞替換形體名詞

無意象詩，講求不要形體後，敘述的客體世界是什麼呢？除了前面提出的由「現象」構成外，還有的是把抽象名詞（例如：自由、思想、曾經、欲望、生活……）當具象來描述的，致使許多抽象名詞一躍而成為詩的主角，以無形的魔幻神力操弄整首詩的意念呈現。

原本意象上的形體被某些抽象名詞取代，例如：「我撿到一顆頭顱」（陳克華的詩題），經過替換後，可能成為一個無意象詩句：

我撿到一顆思想

或是更徹底的寫成：

自由撿到一顆思想

「自由」成了主詞，「思想」的抽象性替換了「頭顱」的具象性，像這樣的句子，超乎意象思維的可能，它完全是無意象的，也是陌生至極的語言，反而使它的意義性變得更有推敲的空間。

（3）用空格或符號替換形體名詞

自從興起詩作品的詮釋權由讀者掌控後，像超文本互動詩，作者在設計作品時，會留幾行空白或幾個空格，讓讀者可以參與創作，在作者的詩文本裡填入讀者自己的語句，而變成不同的讀者就會產生不同的作品；平面作品也可做類似這樣形式的作品，詩人為了使作品更有詮釋的空間，便學聰明了，就不寫出詩中的某些語句，改留出空格或以某些簡易的符號代替，讀者因而能自由聯想那些空格或符號可能代表的字詞。詩人向陽可以說是運用這項技巧的先驅

在無數的符號之中
懵懵　懂懂的　□□
什麼都是的□□
什麼都不是的□□

——向陽詩作〈發現□□〉的第五段

這一段，可謂是無意象詩的範例，「□□」是什麼詞，該填入什麼之前，它是無形象可依循的，當然這段就成不了意象。

由此可知，創作「無意象詩」，當某些句子無法避免書寫到形體名詞，怎麼辦？這時候，不妨以空格或符號替換形體名詞，這樣就不會因有形體而引導至意象的萌生。但有些符號形狀類

同某些形體的暗示，例如「♀♂☆⊙」（女人、男人、星、太陽），就不宜用這種符號；而「■#□※@Ω≧㊣」這種沒有等同於某形體的符號，就無問題，它們在作者的眼中有其使用的因素和含意，而在讀者的眼中則須對符號是否熟悉，才能理解多少象徵意義，要是不熟悉，只能憑符號的形狀猜測其意義了。

（4）用代名詞替換形體名詞

在詩中，「我」這樣的主詞往往是作者自己本人的代名詞，用以進行敘述其所見所感所想的事物，也有時候是他種事物的擬我化，並非「我」就一定是指作者本人，例如題為「雲」時，作者可能採用自述的方式，則詩中的「我」就成為「雲」的代名詞。換句話說，人稱代名詞在詩中不見得是指人，也有可能是指物或非物的名詞。

人稱代名詞有：你、我、他、他們、大家、自己…或非人稱的它、祂…等，指示代名詞有：這個、那個、誰…等，疑問代名詞有：什麼、哪裡…等，「無意象詩」為了讓形體之物不要在詩中出現，採用代名詞便不失為一種權宜方式。如此一來，詩中沒有形體名詞，讀者也不知這些代名詞是指什麼，因而便無法從語言文本裡看到形象，語言文本也無法形構成意象。以我的一首小詩為例：

它不能看，不能聽，不能聞
一生到此

終將結束之前
它發出了信號：喜、怒、哀、憂

——《私立小詩院》七十九頁

詩中的代名詞「它」，是指什麼，若沒有題目，讀者無從得知，又要靠臆測了。而讀者未臆測出各自的答案之前，詩中沒有寫到任何可依據的形體，「喜怒哀憂」現象四字也流於概念化，故而想要有什麼可轉化為意象的元素來繪成心理圖像，在這首詩的文本裡是絕對缺乏的，而這正是「無意象詩」特色。

（5）主詞由形容詞或動詞擔綱

無意象詩避開了形體名詞後，敘述的主詞除了代名詞外，要如何運轉詩的敘述方式呢？像「一朵玫瑰花在清晨悄悄地綻放了」「一隻貓咪在回憶的深處凝望」兩個句子，主詞都有形體，這樣寫是有意象的，那要怎麼辨？不妨由形容詞或動詞擔綱主詞，例如：

一朵粉紅色在清晨悄悄地綻放了（「粉紅色」是形容詞，用做主詞）
一朵擁抱在清晨悄悄地綻放了（「擁抱」是動詞，用做主詞）
一隻溫馴在回憶的深處凝望（「溫馴」是形容詞，用做主詞）

一隻蹲伏在回憶的深處凝望（「蹲伏」是動詞，用做主詞）

這樣寫後，形體消失，不只意象難以形成，連語感亦變得陌生，「一朵粉紅色」「一朵擁抱」「一隻溫馴」「一隻蹲伏」皆不是形體，卻又在其後賦予現象的敘述（「在清晨悄悄地綻放了」「在回憶的深處凝望」），而成為一完整的句子，語意沒有斷裂或留白，而主詞卻主動提供了想像的空間，讀者先受主詞的迷惑：「一朵擁抱」是什麼？因迷惑而去體會詩意的美感。「一朵擁抱」絕對比「一朵玫瑰花」更具詩味，而這正是無意象詩的語言。

4、用語境讓形體失去具象意義

在不同的語境中，有些用詞會失去它字面原本的意義，而用非字面的意義傳達訊息，尤其在現代人活用語言的情況下，愈來愈多的字詞產生了新鮮的語意，原本是很口語化的，也都被詩人安置於精煉的詩句中。

然靈的《鳥可以證明我很鳥》詩集書名中的最後一個字，雖仍然是「鳥」，但已不見得是指動物的鳥，而是可能另指其他的意義，像是「很不爽」「很倔強」「很不屑」「很個性」之類的，這時，最後一個「鳥」字在詩中是不具形體的指涉，作者創作時若是有此定義，則這樣的字詞就被當作無形體的字詞。

最能直接展現將某些形體名詞失去具象的意義的，便是口語化的說詞，在其前後言談的語境當下，唯有對話者知道其用語的非字面意義，例如「沒人鳥你！」、「別那麼機車好嗎」，句中的「鳥」和「機車」是不會也不該產生意象的；有些流行用詞也有可能入詩，例如「偶粉想念泥」，其實就是「我很想念你」的走音版，而「粉」「泥」這兩個物質形體字也已失去原本的物名意義，而成了人稱替代詞；現代網路用語「我孤狗到很多資料」的「孤狗」，要看作Google，不是看成什麼狗。台語的諧音字詞，如「凍蒜」（當選），或翻譯的諧音字詞，如「粉絲」（fans），均帶有形體字詞，但若寫入詩中，也是不會產生形體意象的。

書面的上下文或前後句所構成的語境，若可見出作品的場景或文化意涵時，被寫進詩裡的某些場景文字，雖有形體名詞，卻沒有形體之實，例如店名、廣告、招牌上的文字等，像「長頸鹿美語補習班」、「三支雨傘標友露安感冒藥」、「玉山銀行」，你不能說這樣就有長頸鹿、雨傘、玉山的意象。由此可知，這些本來為形體的名詞在場景語境裡因其做為專有名詞之用，已喪失成為意象的功能。

另外在歷史文化、宗教哲學的語境中，某些特殊意涵的形體名詞用語，若已成為概念時，則亦喪失了其成為意象的功能。例如：佛教經論裡的「波羅蜜」，和水果名稱的「波羅蜜」是天南地北的不同，佛教的「波羅蜜」有其宗教語境的意涵，而水果的「波羅蜜」才是有形體的物質名詞，前者不能轉化為意象，後者才可。又如「彼岸」一詞：

我從燙的那邊敲擊，整夜
你堅持了響亮，撲過來
便是猙獰此岸，倒映

卻沒有彼岸，彼岸在未來劇本裡

——楊小濱詩作〈鳳凰臺上憶吹簫〉前四行

詩中的「此岸」和「彼岸」即是宗教用詞，彼岸不是地名，也不是一個實體的地方，它是一個借用的名詞，依據佛教的說法，它是用來形容每個人未污染前的原貌（身心狀態），倘若達得到那種狀態，就叫到彼岸。故而不能將「岸」字視為形體，誤為可以引發意象。

（四）敘事與說理撐住架構

談一首詩的結構，有很多種說法，我們為了探討無意象，故僅以「意象」來區分，將詩的結構分為「意象結構」和「非意象結構」兩種。

簡政珍在〈意象思維〉文章裡說：「由意象推演成敘述，而一旦有敘述，就步入結構的規範。一首詩應該就是一完整的結構。」這些話裡，可以推衍為：詩的意象經由語言的敘述後，不管敘述的形式、繁簡、長短如何，意象必須有成為結構的功能，去支撐整首詩的架勢，一首詩可能是由單一或眾多意象組成的完整結構，在結構中可以分析各個意象的位置和關係或其脈絡。此即稱為「意象結構」。無意象的詩呢？其結構又是如何？

「意象結構」的思維，當然也適用於「無意象結構」，但因沒有意象的支撐，「無意象結構」只能像是一個其內沒有骨架而僅用軟膠塑造的雕像，其結構的形成全在於詩語言本身的「敘述能力」，一經敘述，語言便有前後關係、層次關係，鋪設成整首詩的結構。在這種情況下，最能夠展現敘述能力的，便是「敘事」和「說理」。我們都知「敘事」要有前因後果，以及曲曲折折的過程，把「事」交代得很懸疑、很生動、很精彩，這時候的前因後果和過程的敘述就成為作品的結構，「無意象詩」泯滅了意象，剛好可以用事件的敘述凸顯詩作者結構性。

有些無意象詩作帶有說理的性質，而且是沒實物例證的純說理，或是形而上的哲學，甚或是很專業的科學理論，一般是無法用常識去理解的，這些詩變得很玄奧，需讀者在心中自行設想例證才能理解。這樣的詩，是用「理」在形成「無意象結構」，有其理路的脈絡可循時，詩就不會鬆弛雜亂或是淤塞不通。但詩的理路不見得一定是單線、循序、層遞的邏輯進程，它更有可能也是無規則、無序、隨機的變化，以此而表現詩意。

底下引一首詩見證，說理且推理的無意象詩：

假設此地A與B相遇，於C時間
D與E亦相遇，以相同之模式
是否可以A'及B'稱代之？這並非
一個哲學問題而關乎現實
之困境譬如F與G也常懷疑
H和I之間相處之種種根本
抄襲其人生成功之模型數據
即使H和I在此之前根本未曾

聽說過他們任何一個人的名字？

——吳岱穎詩作〈實驗與對照〉第一段（刊於「聯合報副刊」二〇一一年一月十七日）

（五）空靈感讓詩意飄逸蕩漾

沒有了意象的比喻或象徵，要闡發世間人事物之間的意義和感覺，只有靠形而上的思維去繁衍，用語言文字的形式去建構，展現一個似有若無、不沾染物體形象的意義和感覺世界，而這樣的世界因為不附著於形體，作品便有了一種虛無縹緲的「空靈感」。

空靈的感覺，即是詩的語意很空曠，具有無限的思維空間，有它的深度、廣度和高度，由於不食人間意象的煙火，心中便無意象的掛礙。寫詩求無意象，無意象則靈氣往來順暢，靈氣一順暢，就有靈活多變高來高去的感覺，感覺又是層層疊疊曲曲折折，看似透明，因有距離，感受得到卻碰觸不到。

換句話說，「空靈感」帶有一點哲思，但也不完全那麼以理來說教，或帶一點情思，但也不那麼只有情來感人，它給予哲思和情思許多空間，不受意象束縛，也不駐留於意象，讓哲思和情思像氣流能自由穿透任何縫隙，迴繞於個人的身心內外，它的來處和去處不可知。

無意象詩，將更能表現「空靈感」的特色。

五、無意象詩在創作上的範疇釐定

經過上面的討論，我們將無意象詩在創作上的範疇釐定出以下三種：

（一）只有現象而無形體的敘述，是屬於無意象。

（二）只有語象而無形體的敘述，是屬於無意象。

（三）只有語言而無現象或無語象也無形體的敘述，是屬於無意象。

說明：有些人說從現象或無形體的語象上可以看到意象，我們認為其所看到的意象是「偽意象」；「偽意象」是自行添加或臆測得來的意象，存在於讀者腦中，不存在於文本之中，文本裡沒有形體，只有現象或語象。只要沒有寫出形體的語言文字敘述，基本上都被認定為「無意象詩」。

再進一層說明：在語言文字的敘述中，凡是沒有寫出形體名物（物體）的「現象」，或是話語中不包含形體名物的「語象」，皆無法轉化為真正文本裡的意象，充其量只能說是讀者腦中或心中靠著個人經驗或猜測某種形體而來的「偽意象」，腦中的某種形體在文本裡不見得是存在，何況在每個人不同的生活經驗或猜測下，「偽意象」也不見得相同，更何況要是沒有類似經驗或腦筋猜測力薄弱的人，什麼意象更無法產生。

然而有些讀者只從現象就臆測可能的形象，及可能的意象，這時候的意象臆測，到底用了什麼形象，則會因人而異。有人認為那些動詞是意象，其實動詞是現象的表示，它原本是視覺上的，但失去形體則成為意覺，例如「奔跑」，你得看見什麼形體在奔跑，若沒看見什麼而說「奔跑」，則這個字詞只是一種無形的意覺，無形則無意象。又如「穿越而過」一詞，有人會說這會產生意象，問他如果是意象你的心理圖像是什麼？是什麼穿越而過？他或許答不出來，或許會編造是車子，但不同的人或許會編造成飛鳥。因為「穿越而過」只是現象，要形成臆測的意象，又必得回到形體（車子、飛鳥、游魚……）的描繪才能呈現心理上的圖畫。我們認為真正的文學意象起源於文本上的形體，如此閱讀時產生的意象才會有所本，而不是憑著個人喜好的臆測，去虛構出南轅北轍的「偽意象」。

「無意象詩」可能讓讀者臆測到一些沒有形體憑藉的「偽意象」，反而增添無意象詩豐富的可讀性，比有意象的文本更有發揮想像的空間，而這正是無意象詩最令讀者魅惑的地方！

六、結論　未來及寂靜及無

我們認為詩的創作，可以從意象寫到無意象，也可以從無意象寫到意象，就好像黑白顏色的色階，黑至白之間有許多不同層次的灰色，運用每個色階才塗抹出立體的圖像，一般的繪畫者很少用全黑或全白來繪圖，詩人創作也是一樣，不會說每句詩都要製造意象，也不會每句詩要製造無意象，大多的詩人都視創作當下的語言或取中間值來創作自己的詩。

不過，詩的意象說自有詩的傳統以來，一直被奉為評斷詩藝的圭臬，造成許多詩人瘋狂追求，詩人與學者或詩獎評審委員言必意象，談詩儘挑詩中意象句子，認為只有意象句才是亮點，而不知這已走火入魔，忘了無意象的存在，也忘了無意象詩的美學。

詩史上從來沒有「無意象詩派」，將來也不會有，因為詩的創作者不該只為一種技巧或一種形態寫著同一派別的作品，要是「無意象詩派」會一直存在，詩便失去了活力和動力。同樣的，若是一直以意象為圭臬，甚或獨尊意象，這樣的詩人或詩壇，亦會失去活力和動力。我們寫詩要像在運用黑白顏色之間的色階，做深深淺淺濃濃淡淡的變化，在這之間表現詩意的美感。

最後，我們用一首陳黎翻譯的無意象詩當作本文的結束：

當我說「未來」這個詞，
第一音方出即成過去。

當我說「寂靜」這個詞，
我打破了它。

當我說「無」這個詞，
我在無中生有。

——辛波絲卡〈三個最奇怪的詞〉（見「聯合報副刊」二〇一一年四月六日）

這首詩是講「話語聲音」，在說出的當下，話語裡的詞義被現實的話語聲音推翻，表示話語的意義與現實當下是不一致的。說「未來」，說出的同時，「未來」兩個字即為過去；說「寂靜」，卻用說話的聲音打破了寂靜；說「無」，「無」這個說話聲不就是無中生有？這首無意象的詩具有無限的思維空間，深度、廣度和高度是如此的令人歎服，而這正是詩人往無意象詩創作所想要達到的境界。換句話說，因為捨棄了意象的呈現，詩人們應轉往做以下三項維持詩質的追求：（一）、追求一種不需「意象」加持，卻能充滿難以言喻的詩意；（二）、追求能夠深入咀嚼、且能不斷回味的語言；（三）、追求能在作品上表現意義的闡發、意念的鋪設、情意的迂迴。

二〇一一年六月六日完稿

BOD Books on Demand

語言文學類　PG1772　秀詩人8

無意象之城

作　　者 / 蘇紹連
責任編輯 / 盧羿珊
圖文排版 / 楊家齊
封面設計 / 蘇紹連
封面完稿 / 蔡瑋筠

發 行 人 / 宋政坤
法律顧問 / 毛國樑　律師
出版發行 / 秀威資訊科技股份有限公司
114台北市內湖區瑞光路76巷65號1樓
電話：+886-2-2796-3638　傳真：+886-2-2796-1377
http://www.showwe.com.tw
劃撥帳號 / 19563868　戶名：秀威資訊科技股份有限公司
讀者服務信箱：service@showwe.com.tw
展售門市 / 國家書店（松江門市）
104台北市中山區松江路209號1樓
電話：+886-2-2518-0207　傳真：+886-2-2518-0778
網路訂購 / 秀威網路書店：http://www.bodbooks.com.tw
國家網路書店：http://www.govbooks.com.tw

2017年6月　BOD一版
定價：380元

國家圖書館出版品預行編目

無意象之城 / 蘇紹連著. -- 一版. -- 臺北市 : 秀威資訊科技, 2017.06
面；　公分. -- (秀詩人 ; 8)
BOD版
ISBN 978-986-326-426-2(平裝)

851.486　　　　　　　　106006269

讀者回函卡

感謝您購買本書，為提升服務品質，請填妥以下資料，將讀者回函卡直接寄回或傳真本公司，收到您的寶貴意見後，我們會收藏記錄及檢討，謝謝！

如您需要了解本公司最新出版書目、購書優惠或企劃活動，歡迎您上網查詢或下載相關資料：http:// www.showwe.com.tw

您購買的書名：________________________________

出生日期：________年________月________日

學歷：□高中（含）以下　□大專　□研究所（含）以上

職業：□製造業　□金融業　□資訊業　□軍警　□傳播業　□自由業

□服務業　□公務員　□教職　□學生　□家管　□其它______

購書地點：□網路書店　□實體書店　□書展　□郵購　□贈閱　□其他

您從何得知本書的消息？

□網路書店　□實體書店　□網路搜尋　□電子報　□書訊　□雜誌

□傳播媒體　□親友推薦　□網站推薦　□部落格　□其他__________

您對本書的評價：（請填代號　1.非常滿意　2.滿意　3.尚可　4.再改進）

封面設計____　版面編排____　內容____　文／譯筆____　價格____

讀完書後您覺得：

□很有收穫　□有收穫　□收穫不多　□沒收穫

對我們的建議：________________________________

____

____

____

請貼
郵票

11466
台北市內湖區瑞光路 76 巷 65 號 1 樓
秀威資訊科技股份有限公司 收
BOD 數位出版事業部

....

（請沿線對折寄回，謝謝！）

姓　　名：________________ 年齡：________ 性別：□女 □男

郵遞區號：□□□□□

地　　址：____

聯絡電話：(日) ________________ (夜) ________________

E-mail：____